LA DOUCE JOIE D'ÊTRE TROMPÉE

Comédienne de formation, Catherine Laborde présente depuis 1989 la météo sur TF1. Elle est l'auteur de *Le mauvais temps n'existe pas* (éditions du Rocher, 2005) et a publié avec sa sœur, Françoise Laborde, *Des sœurs, des mères et des enfants* (Jean-Claude Lattès, 1997).

CATHERINE LABORDE

La Douce Joie d'être trompée

ÉDITIONS ANNE CARRIÈRE

ISBN : 978-2-253-12260-9 – 1re publication LGF

À T. S.

Introduction

J'écris ce livre pour les femmes éplorées, les femmes trahies, les femmes abandonnées. Je sais. J'ai partagé leur sort. Moi aussi, on m'a trompée, trahie, abandonnée. Je sais. Je connais le chagrin, la douleur, la haine, l'humiliation, la solitude, les hurlements silencieux, la nausée, le poids dans la poitrine, le ventre, la nuque, l'indifférence nauséeuse au monde et à ses appétits, le vieillissement brutal du corps, la jeunesse inutile du cœur et le désir effréné d'étreintes impossibles. Je sais. Et pourtant, je veux bien souffrir encore toutes ces horreurs. Non que j'en aie tiré sagesse ou volupté, non pas que la douleur s'émousse avec la répétition.

Seulement voilà : l'incroyable arrive. Dans la solitude du chagrin, lentement, insensiblement la douce joie naît. Et c'est bien la même cause : la tromperie, l'infidélité de l'aimé, qui produit la douleur puis la joie.

Je ne connais pas l'ivresse, le bonheur ou le malheur de tromper. Non par manque d'occasions ou de désirs. Et ma morale n'y est pour rien ; simplement, je ne sais pas tromper. Ma seule règle est l'amour, qui exige que je renonce à tout, même, surtout, à ma liberté. C'est beau, mais encombrant, pour celui qui m'aime et que j'aime, mais aussi pour moi. Mais enfin, c'est comme ça et je n'ai pas le choix… Et peut-être s'agit-il de paresse, ou de nonchalance : tromper demande un esprit de conquête dont je suis totalement dépourvue.

Aimer, c'est à la fois s'ouvrir et rentrer en soi-même et respecter la règle que l'amour impose. C'est une loi dure. Être trompée et heureuse de l'être est une partie de cette règle. M'y conformer est une jouissance délicate et silencieuse.

J'ai toujours été trompée. Je dis bien trompée. Pas abusée, bernée, non, trompée, dans le sens le plus vaudevillesque et banal du terme. Je ne dis pas : on m'a toujours trompée. Quel serait ce « on » responsable de mon état ? Un homme forcément, ou plutôt « l'homme », actif et méchant, me réduisant au rôle conventionnel de la victime passive. La passivité n'est pas pour me déplaire et j'endosse volontiers le rôle de victime pourvu que j'en sorte quand ça me chante. Mais le « on » ne me convient pas.

Il s'agit d'abord de moi et de personne d'autre. Je suis sujet et responsable, même dans la forme passive que suppose la formulation. J'étais trompée hier, je suis trompée aujourd'hui et je serai trompée demain.

L'état de « trompée » est-il à porter au compte de l'inné ou de l'acquis ? Suis-je née trompée ? L'ai-je été au premier coup d'œil qu'un homme porta sur moi ? Je ne sais pas. Et je ne voudrais pas rendre responsables les hommes que j'ai connus depuis ma naissance jusqu'à aujourd'hui, c'est-à-dire depuis mon père jusqu'à mon homme actuel, de cet état de femme trompée. Non que je veuille ni les disculper ni les remercier, mais parce que je suis persuadée qu'être trompée est de ma responsabilité et non de la leur. Peu importe, au fond, si je suis née trompée ou si je le suis devenue, je suis, j'ai été, je serai trompée.

Longtemps, ce constat m'a plongée dans la tristesse et la mélancolie, et j'ai traversé beaucoup d'amours et de temps avant de rencontrer la douce joie et de la reconnaître. Personnelle. Intime. Et pourtant évidemment commune à toutes les femmes qui ont accepté l'épreuve de l'infidélité de leur aimé.

Ce livre est un essai, c'est-à-dire un ouvrage où la description du réel, l'effort pour le comprendre, servent l'argumentation de ce que je veux démontrer : il y a une douce joie à être trompée. Je tente de mettre en mots et en pensée ce balbutiement que je vis dans cette partie de moi qui reste étrangère aux conventions des sentiments et des sensations et qui, pourtant, vibre confusément, libre, joyeuse. Michel Foucault écrit qu'un « essai est une épreuve modificatrice de soi-même dans le jeu de la vérité », et dans le même ouvrage où il fait l'histoire de la sexualité, il écrit aussi : « Il y a des moments dans la vie où la question de savoir si on peut penser autrement qu'on ne pense et percevoir autrement qu'on ne voit est indispensable pour continuer à regarder et à réfléchir. » C'est dire que, en même temps que je tente de prouver la véracité de cette douce joie, je tente aussi de la comprendre.

Je veux mettre en mots les joies inattendues de l'infidélité; ce sont des mots hésitants; ils ne donnent pas de recettes pour transformer la douleur en bonheur, ils ne livrent aucun secret alchimiste qui transforme le plomb en or, et la douleur de vivre en bonheur d'être; et pourtant, ils disent la joie là où les larmes la masquent.

Cette recherche prend tous les chemins possibles et on ne s'étonnera pas des contradictions d'une page à l'autre. Trouver la douce joie demande parfois de la révolte, de l'action, et parfois aussi une grande passivité, ou de la colère, de l'inaction, des paroles ou du silence, de la réflexion ou de l'action, du sérieux ou de la distance…

C'est ce parcours d'amour et de solitude dont ces pages veulent rendre compte. Au plus près :

dire ces faux pas que la douleur provoque et dont il faut savoir qu'ils ne durent pas. Décrire la tentation de plonger dans le chagrin et la haine. Trouver comment atteindre la douce joie d'être trompée et raconter comment elle envahit l'âme, le corps et puis l'esprit, disparaît et revient encore.

Le chemin de l'amour confronté à l'infidélité est un chemin qui n'est pas droit, c'est une sorte de labyrinthe, on passe et repasse par les mêmes affres, les mêmes plaisirs et les mêmes avatars avant d'apercevoir la joie et la liberté qui l'accompagne.

C'est pourquoi il sera question plusieurs fois de la colère, du chagrin, de la joie, et de la solitude. Et ces pages témoigneront plutôt des intermittences de cœur que des stratégies de l'amour.

Ovide qui prodigue ses conseils à un jeune homme pour séduire sa belle écrivait, il y a vingt siècles : « Ne va pas m'accuser d'inconséquence ! Ce n'est pas toujours le même vent qui permet au vaisseau recourbé de transporter ses passagers, car dans notre course, c'est tantôt Borée, tantôt Eurus qui nous poussent. » Il en va de la douce joie comme de la conquête amoureuse : les obstacles et les circonstances qui y conduisent, diffèrent et s'opposent parfois. Mais, ici, les stratégies s'appliquent à soi-même plutôt qu'à l'autre. Et toujours l'étonnement voluptueux du surgissement de la joie est le même.

Je l'appelle « la douce joie », j'utilise tous les moyens pour qu'elle apparaisse, vive, vibrante. Je ne suis pas sûre d'y arriver. Je sais que j'aurai du mal à convaincre.

Convaincre les autres, mais me convaincre moi d'abord. Parce qu'on peut avoir rencontré et vécu cette douce joie une fois dans sa vie et ne plus la retrouver ; l'oublier même dans la haine, le ressentiment, la confusion.

On ne peut rien éprouver de plus doux, de plus heureux et voluptueux que l'amour. On ne peut rien connaître de plus dévastateur, de plus douloureux que la tromperie de l'aimé. Le paradoxe est que derrière cette douleur, cette souffrance suffocante, se cache la joie parce que c'est l'amour qui la fait naître.

Celles que l'humiliation et le désir de vengeance ont dévastées ne trouveront ici aucune consolation. Quand la haine et le mépris ont pris la place de l'amour et du désir entre un homme et une femme, il n'y a plus de place ni pour la douceur, ni pour la joie.

Cet essai ne s'adresse pas non plus à celles qui n'éprouvent ni haine ni colère mais indifférence aux choses de l'amour, quelles que soient les marques d'infidélité de leur amant. Car quel serait un amour qui ne serait pas dévasté par l'infidélité ? Dévasté, mais ardent, et peut-être davantage encore…

J'écris d'abord pour celles qui sont trompées, et qui ne peuvent pas dépasser ce moment insupportable de la trahison, de la honte, de l'humiliation, de l'abandon. J'écris pour leur dire qu'il y a quelque chose après, pas seulement l'oubli, l'indifférence, un autre amour… Non, mais la joie, la joie de cet homme-là, de cette infidélité-là, de cet amour-là. C'est un chemin mal tracé et labyrinthique qui y mène. Il faut du temps, de la patience pour le parcourir… et ne pas renoncer à aimer parce qu'on croit qu'on n'est plus aimée.

Ce livre n'est pas un remède au malheur ou à l'ennui de vivre. C'est au contraire un chant à l'amour pour l'homme aimé, car il n'y a pas de douce joie d'être trompée sans l'amour pour le trompeur.

L'amant est aimé et le sera toujours. Qu'il soit ou non fidèle. C'est pourquoi il est si important de ne pas se fourvoyer sur l'homme qu'on aime. Non pas comme peut l'entendre l'entourage (pas assez bien, pas assez riche, pas assez gentil, pas assez sérieux, trop jeune, trop vieux, trop laid, trop loin, trop différent…), mais comme on l'entend soi. Il faut savoir reconnaître l'homme aimé quand il arrive dans sa vie. Ce n'est pas toujours facile et les obstacles ne sont pas toujours ceux que les autres ont dressés.

Un homme aimé donc, et une femme aimante. Les deux adjectifs ne s'échangent pas : je ne veux parler que d'expérience et ne rien écrire que je n'aurais éprouvé moi-même. J'ai beaucoup écouté les hommes, leurs plaintes, leurs murmures, leurs déclarations, j'ai beaucoup lu leurs romans, leurs essais, leurs poèmes, et certes ils ont été longtemps plus prolixes que les femmes en matière d'amour, et tellement maîtres de leur sujet ! Mais je ne sais toujours pas comment aime un homme, et cette irréductible différence des sexes, qui est à l'origine de l'amour et de son mystère, m'empêche aussi de parler d'eux, amoureux. (Dans les romans, les sexes s'échangent, et Flaubert pouvait s'exclamer : « Madame Bovary, c'est moi ! » et Colette décrire Chéri avant même de rencontrer Bertrand de Jouvenel... Mais les romanciers sont les dieux de leurs créatures et ceci n'est pas un roman.)

Dans cette tentative (j'aime ce mot parce qu'il commence comme le mot « tentation »), la trompée sera toujours la femme et le trompeur l'homme. Je ne dis pas que les femmes ne trompent pas ; le théâtre (et la vie) est plein de ces cocus bernés par des femmes trop jolies ou trop jeunes pour eux. Dès qu'il s'agit d'amour, qu'on soit homme ou femme, la trahison et la souffrance ne sont pas loin, même pour faire rire...

Je veux, moi, affirmer que pour la femme aimante, cette trahison est aussi douceur, joie, volupté et ne détruit pas l'amour mais, au contraire, y renvoie non pour souffrir mais pour aimer mieux encore.

Le trompeur est l'homme, et la femme, la trompée. C'est cet ordre-là que je connais, et c'est de celui-là que je veux rendre compte. À toi lecteur, lectrice, d'imaginer cette douce joie dans d'autres figures : la femme et l'homme trompé, l'homme et l'homme trompé, la femme et la femme trompée…

PREMIÈRE PARTIE

La peine

Doute

Voilà qu'au moment où je viens de signer avec mon éditrice, une femme charmante que le titre de mon ouvrage n'a pas rebutée, ni choquée (et qui serait choquée ? Celles qui sont trompées et qui l'ignorent, ou celles qui le savent et se résignent, ou celles qui ne se remettent pas de cet outrage, ou celles qui en meurent, ou celles qui s'en fichent), je suis prise de doute : et si c'était faux ?

Si la douce joie d'être trompée n'existait pas ? Si tout cela n'était que « abdications consenties » comme l'écrit virilement Colette ? Si à la jalousie, à la colère, à la haine, ne succédait qu'un abattement nauséeux ? Si au bout du compte l'apparente indifférence à la tromperie n'était que le résultat d'un combat où toutes les forces physiques, intellectuelles, amoureuses ont été vaincues et où la joie ne serait que l'ultime protection dressée entre soi et le monde pour cacher sa défaite, sa honte, sa souffrance ?

Pire : si la joie d'être trompée n'était que la joie de celle qui a renoncé à tout et même, surtout, à être ?

Si cette joie était celle des suppliciées ? Zurbaran montre ainsi Agnès, sourire extatique aux lèvres, présentant sur un joli plateau les seins que ses bourreaux viennent de lui arracher. Même représentation pour Cécile, mais cette fois ce sont ses yeux qu'elle nous offre…

Je déteste ces peintures et ne m'en lasse pas. La douce joie se nourrit-elle de cette fascination pour le martyre ? Le sourire de la sainte suppliciée serait donc celui de la femme trompée et la douleur de la trahison aussi terrible qu'une énucléation ou l'arrachement d'un sein… Ne resterait alors, pour ne pas mourir, que ce pari insensé pour ce qu'on croit être l'au-delà des passions humaines et qui n'est peut-être que l'en-deça…

Qu'est-ce que j'en sais, moi ? Et quelle prétention à vouloir l'écrire ! Quel risque aussi !… Mon aimé ne me demande-t-il pas régulièrement si ce que j'écris est vrai ? Et que cherche-t-il dans ma réponse ? L'autorisation de me tromper ? L'allégement de sa conscience ? Sa liberté ? Ou plutôt quelle folie se cache derrière mon contentement ? Et qu'est-ce que je refoule ? L'hystérie ? L'homosexualité ? À quel moment vais-je m'écrouler ? Et tout ceci n'est-il pas une mise en scène perverse pour le garder, lui qu'aucune femme n'a jamais pu attacher ? N'ai-je pas trouvé là, en clamant ma joie d'être trompée, le seul moyen de lui ôter sa liberté ? Car comment pourrait-il quitter pour une autre celle qui ne lui interdit rien, ne lui demande rien et veut bien tout partager, même la joie de ses conquêtes ?

Mais cet homme intelligent, attentif et aimant attendra sans rien conclure. Simplement, il sera à la fois plus disert et plus secret sur ses autres femmes, acceptant de bonne grâce de ne pas tout comprendre à cette joie qui m'appartient, mais refusant aussi qu'à travers elle, sa part d'ombre et sa liberté me soient soumises.

Ce que j'écris ici ne changera rien à sa vie, ni à la mienne et ni à celle de ses amantes (s'il en a). Dont acte.

Je reviens à la joie, à la certitude de cette joie. Et après ce moment de doute, je la retrouve encore plus évidente, plus éclatante, telle la foi des ardents fidèles. Mais d'abord, il faut commencer par le début, et c'est sans doute le moment le plus difficile, le plus périlleux, celui où tout vacille, où l'on apprend qu'on est trompée.

Certitude

On n'est trompée que quand on le sait. Avant, peu importe qu'on le soit ou non, puisqu'on ne le sait pas : tant qu'on ne sait pas qu'on est trompée, c'est comme si on ne l'était pas.

Il est un moment pourtant incertain, qui n'est pas vraiment douloureux mais qui agace, comme une dent gâtée avant qu'elle ne fasse mal, comme un mal de tête latent. C'est le moment où on sait sans savoir. C'est le pire des moments. On n'est sûre de rien, on n'est même pas méfiante, ni soupçonneuse, mais agressive, renfermée, morose, sans raison.

Savoir qu'on est trompée rétablit l'équilibre : on n'est pas folle, on n'est pas méchante, mauvaise, on est trompée. Voilà, c'est clair. Cette clarté libère et c'est pourquoi la colère, le chagrin n'explosent pas forcément tout de suite. On s'attendait à être meurtrie, blessée, anéantie par la nouvelle, et voilà que la douleur tarde.

*

Elle le trouve un peu étrange depuis quelque temps. Parfois distant, absent, agressif, et puis, sans raison, chaleureux, sensuel, gentil. Ça ne lui plaît pas. Il a certes beaucoup de travail comme toujours, mais il adore ça, travailler, il aime cette tension. La semaine dernière, il est allé en Bretagne. Au retour, il a été incapable de se rappeler le nom de la petite ville où va s'installer l'usine chimique qu'il construit. Avant-hier, il est parti à Bruxelles par le premier Eurostar, elle a trouvé un mot sur la table de la cuisine en se levant, elle adore ses mots, il dessine toujours des 6 entrelacés, trois 6, c'est le signe du diable, pour qu'elle n'oublie pas qu'il est le diable, c'est leur pacte, elle aime le diable. « Rentre demain, amour. » Il a oublié les trois 6. Et l'amour, c'est qui ? lui ? elle ? une autre ? Pourquoi pas une autre ? Elle rumine sa mauvaise humeur toute la journée... Et pourquoi part-il tout le temps ?... Et puis, il l'appelle au début de la soirée. Il est rentré plus tôt. Qu'elle le rejoigne pour partager quelques huitres avec lui, gare du Nord. Elle décide de porter sa nouvelle robe rouge. Il a un sourire fatigué en la voyant entrer. Aucun commentaire sur la robe. Il sourit à la serveuse, fait une remarque sur ses hanches quand elle a tourné le dos. Le plateau de fruits de mer est énorme, elle n'a pas faim. Lui, si. En quittant le restaurant, il lui dit qu'il repart le lendemain matin très tôt. Il rentrera tard dans la soirée. Elle dit que ce n'est pas grave, qu'elle attendra. Il ne répond rien. Il a l'air excédé tout d'un coup. Elle sort en faisant virevolter la porte à tambour. Dans la voiture, d'une voix grave et lente qu'elle ne se connaît pas, elle dit qu'elle est convaincue qu'il la trompe et qu'elle ne pourra lui pardonner que s'il avoue. Il reste silencieux.

Mais pourquoi il ne dit rien ? Pourquoi ? Elle en a marre ! Elle en a assez ! Elle arrête ! C'est fini ! Elle a retrouvé sa voix aiguë de petite fille malheureuse. Fini ! Plus jamais ! On ne l'y prendra plus jamais ! Il est trop ! Trop indifférent, trop égoïste, trop content de lui. Il ne s'intéresse qu'à lui, il ne veut pas d'elle, il veut juste l'objet, l'objet-elle ou l'objet-une-autre, peu lui importe, et encore quand il en a le temps, le goût, ou l'envie. De toute façon, quoi qu'elle fasse, il ne s'intéresse pas à elle ! Et il se prend pour le diable ! Mais le diable, au moins, il est là tout le temps ! Quand on le tente et même quand on ne l'attend pas. Lui, non jamais ! Il n'est plus jamais là ! Trop occupé ailleurs ! Eh bien, qu'il y reste, ailleurs ! Ça la dégoûte, elle n'en peut plus, elle est sûre qu'il la trompe. Et surtout qu'il ne dise rien, elle ne veut même pas savoir qui c'est. Toutes les femmes l'intéressent ? Qu'il s'y intéresse ! à toutes ! Ça serait dommage qu'il s'arrête en si bon chemin. Pour elle, c'est terminé ! Elle n'est pas toutes les femmes, elle est elle, et elle s'en va, et ce n'est pas la peine qu'il lui pose sa question à la con, dont il se fout de la réponse : « Qu'est-ce qui ne va pas mon petit lapin ? » Elle n'est pas son lapin, elle n'est pas sa femme non plus, ni sa maîtresse, elle n'est rien, plus rien, et d'ailleurs elle s'en va, elle fait sa valise demain, et c'est tant mieux pour lui, tant mieux pour elle, inutile qu'il l'en prie, elle s'en va parce qu'elle l'a décidé et ce n'est pas la peine qu'il sorte et qu'il vienne lui ouvrir la portière, il attendra qu'elle ait fini de lui dire ce qu'elle a sur le cœur.

Elle reste assise dans la voiture, referme la portière ouverte, croise les bras ; elle attend qu'il redémarre. Il est debout devant la voiture, au milieu du pont de la Concorde, il va devenir fou, qu'elle se casse, putain, qu'elle se casse, ou je la jette à l'eau, il a décidé de ne pas dire un mot, il tient bon. Derrière, les voitures klaxonnent. Il remonte, redémarre, il n'a pas desserré les dents.

Elle fouille dans son sac, trouve une photo : eux deux dans l'eau, au soleil, ils sourient au photographe de la plage, ils sourient vraiment, bêtement, heureux, quoi ! Elle va la déchirer, se ravise, la pose sur le tableau de bord, tiens, je ne te l'avais pas montrée, je te la laisse, la seule image où on a l'air normaux ensemble, comme ça tu pourras la mettre dans ta collection des femmes que tu as baisées. « On est arrivés, tu descends ? » Il a parlé lentement, sans élever la voix, il ne la regarde pas. La photo est tombée par terre. Elle descend, elle marche sans se retourner, entre dans l'immeuble. Elle a disparu.

Il souffle, allonge le siège confortable, ferme les fenêtres, allume le lecteur de CD. Carmina Burana *de Karl Off. Il ne peut jamais l'écouter avec elle. Elle dit que c'est une musique de nazi. Quelle conne ! Le son est à fond, il somnole un peu ; quand le CD s'arrête, il dort tout à fait.*

Elle s'est réveillée au petit matin en entendant son pas dans l'entrée, elle l'appelle, il passe la tête, il a les traits tirés, les yeux bouffis, elle lui demande si ça va, il dit que non, elle bredouille des excuses, il dit que peu importe. Il n'entre pas, il reste à la porte de la chambre, la main accrochée au chambranle, il se dandine un peu, il murmure salut, il est parti. Elle va dans la cuisine faire son café. Sur la table, il y a un mot et une photo aussi. Pas de 6 en signature, juste écrit : « Ne cherche pas, la voilà. » Une blonde aux cheveux longs, jeune, quelconque, sourit à la terrasse d'un café. On dirait Rome.

Elle est dans sa voiture, elle s'engage dans les Guichets du Louvre, elle étouffe, elle ouvre sa fenêtre, inspire profondément, il y a de l'harmonie, là, entre ces bâtiments et cette pyramide, où le soleil du matin se reflète. Elle en veut un peu pour elle, elle traverse la Seine, le ciel s'ouvre, immense, devant elle ; elle roule sur la voie express, lente-

ment, très lentement, elle suit le vol d'un couple de mouettes, elles montent, descendent, frôlent l'eau, repartent côte à côte, se rapprochent, s'éloignent, se rejoignent à nouveau, divergent encore l'une de l'autre, plongent d'un coup vers un reflet de l'eau, ensemble, emportées, puis aspirées à nouveau vers le ciel dans le même courant d'air où leurs ailes carénées se balancent ; les conducteurs la doublent rageusement, tentent des queues de poisson imbéciles. Tous, ils se ressemblent tous, les hommes. Ils ne regardent pas les oiseaux. Les mouettes crient. Des larmes jaillissent malgré elle. Mon amour, mon amour.

Quand apprend-on qu'on est trompée ? J'essaie de trouver une règle générale. Je dirais : quand on est prête à l'accepter (et même si cette révélation arrive comme un coup de tonnerre)… Ou alors, c'est qu'on l'a toujours su.

Ceux qui trompent essaient le plus souvent de le cacher, même s'ils en tirent gloire et prestige tant auprès des autres hommes que des femmes prêtes à se laisser conquérir. Prestige d'autant plus grand que la femme trompée sera belle ou célèbre et parfois les deux à la fois… La plupart préfèrent quand même la discrétion totale : tout plutôt que la scène, les cris, voire la rupture. On peut comprendre.

Ainsi, les amants infidèles s'appliquent à ne pas se laisser découvrir. Et pourtant, sagacité de celle qui est trompée, complicité des amants, indifférence, provocation, cynisme, autopunition… l'infidélité finit toujours par se savoir.

Quelles que soient les circonstances, le hasard, contrairement aux idées reçues, y est rarement pour quelque chose. L'infidèle oublie une lettre, affiche sa messagerie, laisse traîner son portable, se trompe d'adresse, d'enveloppe, de prénom. Il arrive aussi que l'autre femme fasse volontairement ou non surgir la vérité. Les circonstances sont si abondantes qu'on s'étonne d'avoir mis tant de temps à comprendre.

On voit même des couples où l'infidélité de l'homme est connue de tous sauf de celle qui partage sa vie. Ce n'est pas l'intelligence ou la perspicacité de la femme qui sont en cause, ni sa connivence avec l'infidèle. Il est très étonnant de constater autant d'aveuglement devant autant d'évidence. J'ai quelquefois fait partie de ces femmes-là. On ne veut pas savoir, tout simplement. Et ce qu'on ne sait pas n'existe pas.

Ce refus atteste qu'on peut construire un couple sur ce qui n'est ni un mensonge, ni une vérité, mais un « *no love land* » où ni l'un ni l'autre ne pénètre. On peut vivre l'amour, le bel amour, avec un homme qui n'est pas fidèle, qui ne le dit pas et dont on n'attend pas qu'il le dise. Ce n'est pas forcément de l'hypocrisie, juste un contrat tacite, une manière élégante de vivre, une indépendance.

Mais quand la femme, lassée de tant d'élégance et d'indifférence, quitte un homme infidèle, celui qu'elle choisira ensuite ne sera sans doute pas plus fidèle que le précédent. Peut-être ces femmes sont-elles des proies faciles pour des séducteurs qui ne renonceront jamais à être l'amant de plusieurs femmes en même temps… Peut-être sont-elles les instigatrices innocentes des infidélités de leur aimé qui n'est inconstant que pour mieux leur plaire… Le jeu de l'amour et de la tromperie est toujours plus complexe qu'il n'y paraît.

C'est drôle comme les femmes (toutes les femmes ?) semblent attirées par les hommes infidèles dont elles savent d'emblée qu'ils vont les tromper. Est-ce pur masochisme ? La réponse est simple, évidente : oui, toutes les femmes sont masochistes. Réponse trop simple, trop évidente… N'ont-elles pas plutôt le désir, ces femmes-là, d'être celle qui, justement, ne sera pas trompée, celle à qui l'aimé restera fidèle ? Le choix, l'élection de cet amour sera alors d'autant plus beau qu'il sera inattendu et exceptionnel.

Certaines de ces amoureuses sont des femmes de pouvoir qui veulent mesurer le désir qu'elles inspirent à l'aune d'un séducteur et le vaincre sur son propre terrain. Ces femmes existent sans doute, mais je crois bien qu'elles se lassent aussi vite de leur séducteur que lui d'elles. La séduction épuisée, apparaît chez les deux amants l'ennui de leurs caprices réciproques.

N'y a-t-il pas aussi, chez d'autres qui aiment un homme infidèle, la certitude qu'elles ne seront jamais enfermées dans le carcan du couple ? Contrainte insupportable pour certaines. L'infidélité les en éloigne. Infidélité de l'un ou de l'autre ou des deux, peu importe : elle est le garant de leur liberté réciproque. Liberté du plaisir, liberté de l'amour…

Ces femmes trouvent ce qu'elles sont venues chercher et le prix à payer (de leur plaisir accepté ? de leur liberté retrouvée ?) n'est jamais aussi fort que le suggèrent leurs larmes.

Je crois que les sœurs, je veux dire les femmes qui ont des sœurs, sont plus amenées que d'autres à être trompées : petites, elles ont aimé le même homme, le père, figure héroïque, auquel aucun homme au fond ne pourra jamais être comparé. Entre sœurs, elles ont partagé la chambre, les vacances, les devoirs, les confidences, les lectures, cela a été bien doux, parfois. Surtout, elles ont partagé l'amour du père, et cela a été rude et douloureux. Certes, les filles uniques partagent elles aussi l'amour du père avec leur mère, l'éternelle rivale ; mais elles savent bien que c'est perdu (ou gagné) d'avance : elles sont uniques. Entre sœurs, à égalité, le partage inévitable est toujours injuste. Quoi qu'il arrive, elles n'auront jamais l'exclusivité de l'amour de leur père.

Adultes et amoureuses, il est fréquent que leur amant soit infidèle. C'est d'ailleurs à ce signe qu'elles pourront reconnaître qu'elles vivent un grand amour, presque digne de celui qu'elles vouaient à leur père, petites filles : elles partagent leur homme avec une autre.

Il arrive que l'infidèle ignore que sa compagne connaît la vérité : il la trompe, elle le sait, mais il ne sait pas qu'elle sait ! Surtout, ne pas céder à la tentation de faire rendre gorge à l'infidèle en tirant profit de cette situation. On n'est pas dans un roman policier, ni dans une tragédie, mais dans une histoire d'amour. Ne pas oublier le mot « amour ». Peu de femmes sont capables de mener jusqu'à leur terme les scénarios machiavéliques qu'elles imaginent et la plupart s'y consument en vain.

Pas de stratégie, pas de tactique : l'aimé n'est ni un ennemi qu'il faut vaincre, ni un objet qu'il faut posséder ou briser. Pas de calcul, pas de complot, mais de la ruse, pourtant : on joue cartes sur table, on dit ce qu'on sait, ce qu'on a appris, ce qu'on a surpris, mais on ne révèle pas ses sources. Il faut laisser planer un peu d'incertitude, garder l'avantage, quand ce ne serait que celui de son infortune. On a besoin de temps pour décider si on pardonne, si on s'en fiche, si on aime toujours ou si on n'aime plus. Ces évidences n'en sont pas.

Aveu

Le plus étonnant est que l'on apprend souvent la vérité de la bouche même de l'infidèle : il avoue !

Pourquoi cet aveu ? Pourquoi ? Je ne me pose pas là la question de savoir pourquoi il trompe, mais pourquoi il ne garde pas secrète son infidélité. Est-ce pour faire souffrir ? Pour quitter ? Pour être quitté ? Quel bénéfice en tire-t-il ?

La réponse la plus logique est de penser qu'il avoue pour éloigner une femme qu'il n'aime plus. Mais dans ce cas, point n'est besoin de tromper, il suffit de rompre tout simplement. Inutile même de s'encombrer d'une nouvelle aimée pour quitter l'ancienne.

(Il semble pourtant qu'il soit plus facile pour un homme de quitter sa compagne pour un nouvel amour que par simple lassitude. Et on a vu souvent des hommes quitter leur femme soi-disant pour une autre et qui, à peine la rupture déclarée, quittaient aussi celle pour qui ils avaient rompu… « Le cœur a ses raisons que la raison ne connaît pas », certes, et non seulement la « raison », mais la conscience qu'on a de soi et du monde, et qui fait croire qu'on aime ailleurs alors qu'on n'aime plus, tout simplement.)

Dans ces circonstances redoutables où on ne démêle pas encore si l'aveu révèle l'amour, l'aversion ou l'indifférence, il faut que la femme trompée se donne du temps et résiste de toutes les manières à la souffrance et au mépris de soi et de l'autre.

Certains trompent pour quitter. D'autres trompent et ne quittent pas. Je reviens à ma question : pourquoi avouent-ils ? Pourquoi prennent-ils le risque de déclencher ces successions de cris, de chagrins, de hurlements, ou, au contraire, un mutisme hostile qu'aucune parole ne brise ?

Il me semble que l'homme avoue quand il est confondu. « Confondu » veut dire, d'après le dictionnaire, à la fois « démasqué » et « dépassé ». Et c'est souvent ainsi que se font les aveux par un homme à la fois dépassé et démasqué. Comme s'il fallait que son aimée devine qu'elle est trompée avant qu'il puisse avouer.

Même quand on n'a pas connu cette situation, on imagine aisément à quel point elle est pénible à vivre, tant pour celui qui avoue que pour celle qui reçoit l'aveu. Si pénible, même, qu'elle peut effacer d'un coup le désir et l'amour entre les amants. Il est bon alors de s'arranger pour que cette scène se déroule le plus brièvement possible…

Cependant, les aveux de l'infidèle obéissent à des motifs contradictoires et ne sont pas toujours sources de malheurs : il y a chez celui qui avoue, parfois de la contrition, de la honte, du chagrin, parfois aussi une sorte de fierté. On dit souvent que les hommes aiment se vanter entre eux du nombre de leurs maîtresses. Je crois plutôt qu'au moment de l'aveu, ils évaluent le prix de leurs conquêtes dans le regard de celle qu'ils trompent.

Certes, cette confession est un moment pénible, mais pourtant, et je le dis d'expérience, il arrive que quelque chose de très joyeux se passe dans l'attitude de l'infidèle qui avoue, un sourire esquissé, une étincelle dans le regard, une grâce dans le mouvement du corps…

Un homme, quand il avoue qu'il trompe, est beau : son aimée le découvre comme un étranger, ou plutôt comme elle imagine que l'autre femme le voit. À la surprise, à la colère, au dégoût même, se mêle ce sentiment d'admiration qu'ont les mères pour leur enfant quand il leur rapporte un exploit dont il a été le héros. Sa fierté d'être infidèle, d'aimer plusieurs femmes en même temps, il la partage avec son amante. C'est un sentiment furtif, peu d'amants savent en jouir, mais il existe : la femme trompée est fière de cet amant qui la trompe. Et c'est son infidélité à lui qui fait sa fierté à elle.

Il est aussi des amants infidèles qui se confient à leur compagne plutôt qu'ils n'avouent. Ceux-là ne cèdent pas à la culpabilité. L'aveu est la marque de la complicité, peut-être même de l'amour : on ne se cache rien, on se dit tout, même l'inavouable. Pour que ça marche, il faut une égalité totale entre les amants. Cela suppose des dispositions particulières qui portent à soutenir la comparaison avec l'autre sexe dans tous les domaines : les femmes devront avoir une position équivalente à celle de leur amant, non seulement dans la vie amoureuse, mais aussi dans la vie sociale, intellectuelle, artistique, professionnelle, et les conquêtes de l'un devront correspondre aux amours contingentes de l'autre.

L'aveu de l'infidèle est alors la preuve qu'il aime et se sait suffisamment aimé pour ne pas provoquer une rupture avec la femme aimée. Et les amants réconciliés pourront s'aimer longtemps encore.

Il est une autre façon d'avouer, moins égalitaire, plus perverse, mais qui peut éviter des chagrins inutiles à la femme trompée si elle sait la reconnaître : la jouissance d'avouer.

Certains hommes se délectent de tromper la femme aimée, se délectent surtout de raconter leurs aventures. Délectation appliquée et quand même insouciante puisque, ils le savent, pour une femme aimante l'amour excède la blessure de la tromperie. Ils le savent et le disent. La femme trompée ne comprend pas tout à ce discours embrouillé. Elle voit seulement dans les yeux du trompeur qu'il l'aime et qu'il s'ennuie avec les autres. Enfin, c'est ce qu'il ressent, là, maintenant, tout de suite. Elle a appris au fil des années qu'il change de sincérité selon les circonstances. Peu importe. Leur amour est toujours là.

Ovide dans *L'Art d'aimer* suggère à l'amant d'avouer quand l'ennui menace l'amour entre les amants. Et il est bien vrai qu'une femme habituée à la fidélité oubliera parfois de cultiver l'amour, d'attiser le désir. Une rivale avouée déclenchera peut-être les cris et les larmes, mais aussi le souci de plaire et d'être la préférée. On provoque la jalousie pour se faire mieux aimer. Avouer son infidélité serait donc une simple tactique de celui qui a peur qu'on ne l'aime plus, et plutôt une déclaration d'amour que la confession d'une trahison.

Déclaration d'amour, déclaration de désir : ainsi l'aveu, parce qu'il met en scène le coït amoureux, même avec une autre, ranime par les images qu'il provoque le désir assoupi des deux amants. Et qu'importe alors tout le décorum de cris et de larmes qui ne servent qu'à masquer la puissance retrouvée du désir. La femme trompée est celle qui aura, sans le vouloir, ravivé l'amour dans cette fausse histoire à trois.

(Bismarck a dit, paraît-il, c'est Gérard Genette qui l'écrit : « Quand on est trois, il vaut mieux être un des deux. » Phrase admirable que devraient méditer toutes les amoureuses. Bismarck ne pensait sans doute pas aux choses de l'amour en la prononçant. C'était un militaire. Mais les stratégies de la guerre ressemblent fort, on le sait, à celles de l'amour.)

Enfin, certains tenteront d'échapper à l'aveu en imaginant que la femme trompée apprenne la vérité par hasard et autrement que par leur propre bouche. Qu'ils ne se fassent pas d'illusions : c'est dans ces circonstances que la souffrance stérile et haineuse risque de chasser pour toujours l'amour et le désir. La femme se sentira d'autant plus trahie que son aimé n'aura pas eu le courage de dire, d'expliquer, justifier, sécher les larmes, essuyer la colère, aimer ! À la rouerie de la tromperie, s'ajoutera la lâcheté, et l'amour aura bien du mal à réunir à nouveau les amants.

Alors ? Celui qui trompe doit-il avouer ? Et dans quelles circonstances ? Je ne sais pas… Je ne suis pas sûre que la formulation soit bonne. Je la reprends dans l'autre sens : faut-il cacher qu'on trompe ? Je ne trouve jamais la même réponse à cette question… Mais après tout, c'est le problème de celui qui trompe et peu m'importent les affres de l'infidèle. Je me soucie d'abord de la femme trompée.

La femme trompée

L'amante, elle, comment va-t-elle entendre cet aveu ? Comment lutter contre ce sentiment d'anéantissement, de perte de soi ?

Tout d'abord, il ne faut pas négliger cette espèce de soulagement qu'on éprouve enfin. Mais oui... soulagement. On respire. Tout compte fait, la vérité, même douloureuse, est souvent moins contraignante que l'ignorance ou le refus de savoir...

Surtout, on est enfin libérée de l'affreux engrenage du soupçon. Le soupçon, par l'acuité qu'il réveille, aiguise la jalousie, et engloutit l'amour de celle qui pressent qu'elle est trompée : les larmes, les cris, le chagrin n'étouffent pas le sentiment amoureux pour celui qui trompe, surtout s'il s'émeut de ces manifestations. La méfiance, la suspicion, si... Et alors peu importe qu'on soit trompée puisqu'on n'aime plus quand on n'est plus aimée.

(Parfois, un drôle de sentiment de satisfaction envahit subrepticement l'âme. Ce n'est pas la joie d'être trompée. Elle est encore loin. C'est une joie mauvaise qui naît dans le ricanement d'une douleur oubliée. On se retrouve comme on sait qu'on a toujours été : seule, abandonnée, trahie. On plonge à nouveau, et presque avec délices, dans ce monde de l'enfance où le malheur d'être seule voudrait se dissoudre dans la certitude d'être unique.

Cet état est plaisant bien que malheureux ; on pourrait s'y enfermer volontiers et ne plus en bouger, la petite fille qui pleure au fond de chaque femme ayant trouvé enfin le moyen de s'exprimer dans un malheur injuste, confortable et sans fin.)

Il faut se méfier de l'empathie maternelle qu'on éprouve pour l'être aimé quand il avoue qu'il trompe. Peut-être parce que c'est trop difficile à entendre, trop douloureux, on écoute ses confidences sur son désir pour une autre femme avec bienveillance. On gomme comme on peut la violence de l'aveu. On comprend, on acquiesce, ce n'est plus l'homme aimé qui parle, c'est un proche, un enfant, un fils : on aime, on peut tout comprendre comme une mère seule le peut…

Non. On n'est pas la mère de l'homme aimé, on est sa compagne, son amante, sa femme. Et certes, on peut écouter ce qu'il raconte avec empathie, mais il ne faut jamais oublier qu'on est la femme aimante et qu'il est l'infidèle. On se tient à son rôle. On refusera de prendre celui de la mère ou de la sœur pour éviter de souffrir trop. On va souffrir, on va aimer.

Il est certes tentant de prendre ces tromperies, ces trahisons, pour des comportements enfantins qui refléteraient la fragilité émotionnelle de l'aimé et son manque d'assurance. Il cacherait ainsi derrière sa soif de conquêtes une âme d'enfant mal aimé qu'il faudrait consoler plutôt que rejeter. Balivernes ! Indignes des amants ! Quand l'amour est rabaissé ainsi au rang de pansement sur la souffrance enfantine, ce n'est plus de l'amour, c'est de la suffisance pour elle et de la lâcheté pour lui.

Celle à qui on avoue n'est pas la mère de l'infidèle, elle n'est pas non plus son confesseur. En avouant sa tromperie, l'amant cherche à échapper à sa culpabilité. Il suit ainsi le précepte qui veut qu' « une faute avouée est à moitié pardonnée ».

Double erreur pour l'infidèle qui assimile la tromperie à une faute et celle qu'il trahit à un directeur de conscience ! Double faute pour celle qui accepte l'aveu sur ce mode moralisateur, et qui, assignée ainsi au rôle de juge, perd la seule identité qui vaille : celle d'amante. L'amant devra résister à la tentation de se faire consoler de sa propre trahison. Et l'amoureuse saura opposer à la culpabilité de l'infidèle, de l'indifférence plutôt que de la compréhension, et de la colère plutôt que du pardon.

*

J'imagine la femme trompée qui vient d'apprendre son malheur. J'imagine la stupeur, la stupidité, j'imagine l'accablement, les larmes que la colère fait jaillir d'un coup, j'imagine l'humiliation, la honte, la solitude totale, l'impossibilité de se confier à qui que ce soit, ni à celui qui trompe et qui perd du même coup sa vertu d'aimant et d'ami, ni aux très proches qui sans doute savent depuis longtemps ce qu'elle apprend seulement aujourd'hui. J'imagine le désespoir, la souffrance indicible, la clameur du silence, l'angoisse de la solitude, l'incapacité à parler, à taire, à revenir dans le monde de ceux qui bavardent, sourient, échangent, se moquent, écoutent, répondent, j'imagine. J'imagine le scénario de la découverte de son infortune infiniment répété, revu, ressassé. J'imagine la fureur, son grondement, la bouche sèche, les mâchoires serrées, les muscles bandés, le souffle court. J'imagine le mal au ventre, le crâne lourd sur la nuque et les yeux, le nœud dans la gorge, les coudes, les genoux ; les jambes flageolantes, la sueur entre les seins, sous les bras ; des chapelets de petits pets couinent, la mauvaise odeur se répand, les cheveux électriques démangent le crâne, les boucles d'argent blessent les lobes des oreilles, la montre pince le poignet, la culotte est mouillée. J'imagine qu'elle arrache ses chaussures, ses bas, elle se love sur son lit, se relève pour fermer la porte à clé doucement, il ne faut pas qu'on l'entende, il ne faut pas qu'elle s'entende.

Cette maison n'est plus la sienne. Elle revient vers le lit défait, veut s'asseoir, roule sur le côté, se met en boule, enfouit son visage sous le drap. Elle veut savoir qui est sa rivale, comment elle est, ce qu'elle fait. Elle étouffe des cris dans l'oreiller. Son malheur ne finira jamais. Le sommeil la saisit dans sa rage. Elle s'endort d'un coup. Elle rêve d'une vieille femme qui est aussi une vache. Il lui manque la moitié du corps. De longs poils cachent sa difformité. Ils l'enveloppent comme un châle. Elle se réveille en sursaut pour aller vomir.

Colère

Bénie soit la colère ! Enfin, un sentiment qu'on connaît, qu'on reconnaît, qu'on peut nourrir, déverser. La colère, enfin ! La délivrance ! On plonge ! On se délecte ! On ne résiste plus ! On hurle ! On argumente ! On condamne ! On attaque ! On défie ! On rage ! On rugit ! On maudit ! On peste ! On provoque ! On insulte ! On injurie ! On invective !

On a raison !

Les gesticulations sont bonnes pour le corps et l'esprit. Toutes ces paroles définitives s'effaceront quand la colère tombera. Et l'amour oublié réapparaîtra peut-être…

Il y a pourtant quelques dangers qu'il faut savoir éviter :

Ne pas mêler les enfants, les parents, les fratries, à ces éclats : ils n'apportent que lourdeurs et complications.

Ne pas prendre un tiers à témoin. Situation invivable pour celui ou celle qui est ainsi pris en otage et qui se rappellera, lui, ce que les amants, eux, auront oublié une fois la colère passée.

Éviter les colères froides. On pardonne plus facilement les mots assassins hurlés dans la folie de l'instant.

Les cris, les larmes, les imprécations font partie des nombreux scénarios de l'amour. Et on peut rompre mille fois parce qu'on est trompée sans renoncer pourtant à celui qu'on aime. Faut-il partir ? Faut-il rester ? Il est trop tôt pour décider.

Pour l'heure, les hurlements, les malédictions, les claquements de porte, les bris de vaisselle suffisent.

Les femmes au tempérament extraverti trouveront là de belles occasions de projeter leur souffrance hors d'elles-mêmes : celui à qui s'adressent ces litanies rancunières est prêt, au début au moins, à les accepter en silence.

Les natures plus discrètes, plus effacées auront tendance à se replier trop vite. Mais il y a d'autres moyens que les cris pour manifester sa colère : dormir ailleurs, ne pas répondre au téléphone, ne plus parler, ne plus le regarder… Il ne faut pas croire que ces comportements puissent changer quoi que ce soit à la trahison. Mais l'invention, le jeu, l'improvisation, tiendront à distance un temps la souffrance et le chagrin. L'amour est aussi un théâtre.

Rupture ?

L'erreur de ceux qui trompent comme de celles qui sont trompées est de croire que la tromperie marque le début d'un processus de rupture. Rompre plutôt qu'accepter le partage de l'amour et sa multiplicité arrange tout le monde parce que c'est le plus simple, le plus facile.

Celui qui trompe se sent moins coupable : il ne trompe pas la femme aimée, il quitte une femme qu'il n'aime plus parce qu'il aime ailleurs. Celle qui est trompée trouve aussi avantage à confondre tromperie et rupture : elle reprend la main en choisissant de partir ; à défaut d'amour, elle satisfait son amour-propre.

Mais quel est cet amour qui se noie dans l'image de soi ? Comme si l'amour pouvait s'échanger contre la liberté ! Comme si l'amour pouvait se mesurer à l'aune de l'amour-propre !

Tous deux se fourvoient, et se fourvoient si bien que la rupture imaginée finit par arriver (à croire qu'elle était désirée, et peut-être autant par celle qui est trompée que par celui qui trompe...).

Tromper et quitter n'ont pas de rapport de cause à effet. Peut-être faut-il avoir été beaucoup trompée pour le savoir, peut-être faut-il avoir beaucoup aimé... La dignité et l'amour-propre n'ont pas grand-chose à voir avec l'amour.

Ce schéma très usé sert toujours, pourtant, trop souvent.

Donc, pas de lettre de rupture. On déchirera celles qu'on tente d'écrire, on ignorera celles qu'on reçoit ou on répondra, si on peut, par des serments d'amour.

On ne déménage pas non plus. On n'avertit personne de sa déconfiture. On ne cherche pas une épaule consolatrice. On attend.

On attend, on désespère, on espère... Et forcément, on rumine ! Quand on est trompée en amour, et une fois exprimée la colère, la première réaction est souvent de trouver ça injuste. Comment ? Après toutes ces attentions, ces soins, après tous ces sacrifices (les femmes aiment se sacrifier), voilà qu'il se tourne vers une autre, sans raison, sans explication ! Oubliés les projets de week-ends, de voyages, proscrit tout ce qui peut ressembler à un futur à deux !

Cet homme à qui vous avez donné tout votre temps, toute votre énergie, toute votre disponibilité, toutes vos pensées même, et qui a tout accepté comme une évidence, comme un dû, cet homme-là ne vous regarde plus, bougonne plus qu'il ne parle, et quand par hasard ses regards se portent sur vous, c'est dans l'indifférence ou l'exaspération. Le seul élan dont il témoigne est une sorte de pitié fugace. Le pire, c'est ce sourire permanent qui flotte sur son visage et qu'il n'abandonne que quand il croise votre regard éperdu.

Acceptez sa joie et son indifférence. Vous allez être seule, tout à fait seule. (Mais enfin, vous l'avez toujours été, seule, même quand il n'aimait que vous, seule depuis la naissance et jusqu'à la mort comme tous les humains. L'amour ne devrait jamais être utilisé pour pallier la solitude et la peur de mourir.)

Donc, vous n'attendez plus d'amour, mais vous attendez de la gratitude : il n'y en aura pas. Il se moque de votre silence, de vos larmes, de votre colère… Tout ce qu'il souhaite, c'est que vous acceptiez de ne plus être au centre de sa vie, et d'y être quand même. C'est compliqué et vous ne voulez pas. Vous le trouvez plus égoïste que jamais. Vous voulez qu'il soit reconnaissant. Il ne le sera pas. Il trouverait même normal que ce soit vous qui le soyez : parce qu'aucun homme n'a su vous aimer comme lui et parce qu'il a fait de vous ce que vous êtes. De toute façon, il s'en fout, il est heureux… Vous n'avez plus le choix : il vous faut l'être, heureuse, à votre tour. Avec lui ? Qui sait ?

Surtout, pas de reproches. (Et le conseil vaut pour celle qui est trompée comme pour celui qui trompe.) Ne jamais reprocher, ne jamais se plaindre. La colère, oui, la rancune, jamais. Bien sûr, elle peut être là, tout près, à fleur de peau, à fleur de mots. C'est drôle comme les mots viennent facilement, bien tournés, bien mis en valeur par la colère, la haine, le souci de revanche. Les imprécations sont des morceaux d'anthologie au théâtre comme dans les monologues ressassés des amants trahis. Mais qu'ils restent silencieux ! Pas de déclamation ! Pas de révélation ! Pas d'accusation ! Mais le silence. (Je sais bien avoir dit le contraire en parlant de la colère… Parions que les mots tuent dans la répétition et qu'on a le droit de tout dire, même le pire, une fois, une fois seulement.)

Attitude purement tactique et nullement morale : ne pas tuer l'amour par les mots. L'amour ne survit pas au meurtre par les mots quand ils sont répétés. Une fois l'explosion de la colère passée, garder le silence et réserver les paroles à l'expression de l'amour seulement. Sinon, se taire.

N'accusez jamais celui qui vous trompe d'être coupable de vous tromper : il n'y a pas de faute en amour, il n'y a que du manque d'amour. Et s'il vous trompe par manque d'amour pour vous, cela ne fait pas de lui un coupable, juste un homme qui aime moins…

(Enfin, c'est ce qu'on est tentée de croire ; être trompée n'est pourtant pas le signe indubitable qu'on est moins aimée.)

Mais pour les plus courageuses, ou les plus masochistes, l'idée surgit aussi que si on est moins aimée, c'est qu'on n'a pas su aimer.

Il faut résister à ce rejet de soi-même : on n'est pas coupable d'être moins aimée. La culpabilité doit être rejetée dans toutes les histoires d'amour. Elle sous-entend qu'il y aurait une autre vérité que l'amour, supérieure à lui. Dans ce cas, ce n'est plus de l'amour. Et la fin de l'amour, c'est la fin de l'histoire.

Que faire ?

L'avènement de la douce joie est encore loin et on ne peut s'imaginer l'éprouver dans la tourmente de ce qu'on vient d'apprendre, dans l'enfer où on est plongée.

Il convient pourtant de faire confiance à la vie et de laisser se dérouler l'histoire comme elle vient. Passées la surprise, la consternation, la colère, les scènes théâtrales, que faire ? Rien. Lénine, dans un petit ouvrage, posait la même question pour la révolution bolchevique et trouvait des réponses claires et précises pour qu'elle advienne. Mais la douce joie ne se compare pas à la révolution communiste. Elle ne se construit pas les armes à la main et ne dessine pas un futur heureux pour tous. Elle nécessite, au contraire, une passivité et une soumission totales au présent dans une solitude sans partage. La joie est immanente.

Les gesticulations de la colère, de la rancune, de la vengeance s'épuisent sans circonscrire le chagrin.

On a tout perdu. Il faut savoir perdre encore davantage. Il n'y a rien à faire. Il faut se taire et attendre encore.

On ne renie pas la réalité, on l'accepte au contraire, on sait désormais qu'elle est provisoire, on découvre qu'elle l'est depuis toujours. On s'installe dans le présent, on accepte la douleur. On est d'accord pour ne pas savoir de quoi demain sera fait. On est d'accord pour ne pas ressasser le passé. On est d'accord pour essayer de ne pas avoir peur. On est d'accord pour ravaler ses larmes et faire bonne figure.

On veillera à ne pas laisser de traces du désastre que l'on traverse. Quand on apprend l'infidélité de l'aimé, on est tentée par toutes les passions mauvaises : rancune, chagrin, désespoir, vengeance ; il est bon d'en conserver le moins de marques possibles et d'essayer de les oublier. Inutile donc de faire des confidences. On essaiera de ne garder aucun stigmate. Dans l'âme et dans la chair : attention aux rides que la macération dans la haine et le chagrin font ressortir sur le visage ! Certaines ne s'effaceraient plus. On fait bonne figure. On tente de ne pas ressasser. On traverse, on accepte.

Comme on n'est pas forcément héroïque, on peut s'éloigner quelque temps. On disparaît de l'univers de l'infidèle. On ne craint pas de le laisser seul avec la rivale. On se dit qu'il la verrait de toute façon. On espère même qu'il souffrira de l'absence de celle qu'il trahit. Qui sait même s'il aura toujours autant le goût de tromper maintenant qu'il est seul avec l'autre ?

« Le pire cadeau que m'a fait ma femme, c'est de me laisser seul avec ma maîtresse », disait un homme raisonnable qui fêtait de longues années d'un mariage heureux.

*

Le mari de Carole la trompe. Il est tombé fou amoureux d'une autre. Quand même, il aime toujours sa femme et ne veut pas la quitter. Il tente de la convaincre de devenir l'amie de cœur de sa maîtresse.

Drôle d'idée !

Il veut lui faire partager sa joie à lui, non pas la joie de tromper, mais sa joie d'être amoureux, même d'une autre. Il n'a pas de plaisir à la tromper, mais du bonheur à aimer, bonheur qui ne sera complet que si elle le partage avec lui ; elle aussi pourra l'éprouver en aimant à sa façon (quelle façon ?) cette femme. N'ont-ils pas jusqu'à ce jour tout vécu ensemble, malheurs et bonheurs, pourquoi pas ce moment-là ? Il est si heureux auprès de sa maîtresse, elle peut l'être aussi...

Drôle d'idée !

Je pense au Sardanapale de Delacroix. S'imagine-t-il ainsi, mollement étendu sur des coussins de soie et entouré de deux femmes aussi aimantes que lascives... Ne manqueraient que la palme agitée au-dessus de sa tête et une couche assez large pour contenir tout le monde... Et puis à la fin, le sacrifice, le suicide, la mort... Drôle d'idée, idée d'homme...

Carole ne partage pas ce rêve, elle vit plutôt un cauchemar. Elle déteste sa rivale ; elle veut garder son homme pour elle toute seule. Elle a admis qu'il la trompe, mais elle souffre beaucoup. Le pire, à ses yeux, c'est que tout le monde, sauf elle, semble s'en accommoder : le mari de l'autre femme, leurs enfants, les siens, les amis... Je suis la seule confidente de son désarroi, je l'encourage à résister. La douce joie d'être trompée s'éprouve seule, personne ne peut y contraindre, et surtout pas l'infidèle.

Elle arrive un jour chez moi, un peu hagarde, souriante, et sur le même ton perdu qu'elle utilise pour me parler de la maîtresse de son mari, elle me dit qu'il lui a avoué avoir été mon amant il y a plusieurs années. Sans doute espère-t-il ainsi la convaincre : puisqu'elle est amie avec une femme dont il a été l'amant, pourquoi ne serait-elle pas l'amie de sa maîtresse actuelle ?

Je reste stupéfaite de ce mensonge déguisé en aveu, et flattée peut-être de partager leurs fantasmes amoureux ; je ne me soucie pas qu'elle en est peut-être blessée.

(Pour les autres, tous les autres, il y a toujours quelque chose d'incompréhensible, voire d'innocent ou de pervers dans un couple, un peu comme les enfants le sont ; on peut essayer de comprendre les enfants, on ne peut pas se mettre à leur place, retrouver ce qu'on a été... On a le même sentiment d'étrangeté envers les couples, surtout ceux dont on est proche, dont on croit connaître la vie et le quotidien ; il semble qu'ils jouent à des jeux secrets dont eux seuls connaissent les règles implicites.)

De toute façon, je ne suis pas en cause dans ce qui se joue là, entre époux, maîtresse, tromperies, aveux et mensonges ; et pour les laisser tout à leur histoire sans y accepter de rôle, quand mon amie me demande si j'ai été la maîtresse de son mari, j'ai cette parole indifférente et lâche dont je crois, en la prononçant, qu'elle est simplement neutre : « Je ne me souviens pas. »

Elle n'a marqué ni étonnement, ni courroux, elle est restée là, sonnée sans doute, souriante comme à son habitude, on a parlé d'autre chose. Quand elle est partie, je n'ai pas compris qu'elle sortait de ma vie pour toujours. Quelques années plus tard, j'ai appris qu'ils avaient déménagé et quitté la région où vivait l'autre femme.

Ils sont toujours ensemble, mariés, amis, amants, sans doute. Je lui en ai beaucoup voulu de cette rupture. À elle, pas à lui : les hommes mentent pour s'en sortir, pour séduire les femmes, pour les garder, pour rêver... Tant pis pour eux, tant pis pour les femmes. C'est à elle que je n'ai pas pardonné parce que je l'aimais, parce que nous étions amies.

Je ne suis pas sûre qu'elle ait cru au mensonge de son mari, mais la confusion amoureuse dont témoignaient son aveu et ma réponse lui fut insupportable. Je devais porter la faute. Le monde était méchant, son couple était bon. Elle ne le laisserait pas corrompre.

*

Arlette Farge, qui connaît bien la vie quotidienne des siècles passés, rappelle que la durée moyenne des couples au XVIIIe siècle (et dans les siècles précédents) était de cinq ou six ans ; on ne divorçait pas à l'époque, on ne se quittait pas pour un oui, pour un non, à la première tromperie, mais on mourait plus jeune, les guerres étaient nombreuses et les épidémies dévastatrices… On vivait moins vieux, on aimait donc moins longtemps.

Tout a changé au XIXe siècle. Le couple est devenu le socle de la stabilité de la vie intime et sociale, et s'est bâti pour durer d'autant plus longtemps qu'on vivait de plus en plus vieux. Dès lors, deux êtres aussi différents qu'un homme et une femme furent tenus de vivre intimement vingt, trente, quarante, voire cinquante ans ensemble ! C'était un pari fou, on nous fit croire que c'était une sagesse ancestrale. Ce n'est pas vrai. Cette idée n'a que cent ans.

Je ne dis pas qu'elle est mauvaise, ou nocive, mais on m'accordera qu'il faut quelques mouvements d'adaptation pour que deux êtres puissent s'apparier aussi longtemps sans s'ennuyer, non pas l'un de l'autre mais l'un avec l'autre. Tromper fait partie de ces mouvements.

(Et parce que le futur se précipite, d'ici quelques années, les trompés seront sans doute plus nombreux que les trompées. En Inde, en Chine, qui seront les puissances du XXIe siècle, les petits garçons sont beaucoup plus nombreux que les petites filles, et pas forcément pour des raisons naturelles. À l'âge adulte, les femmes auront donc davantage le choix de leur amour que les hommes. À elles, le vif plaisir de tromper, à eux, peut-être la douce joie de l'être…)

Dans l'attente passive que la douleur s'éloigne, on rencontre quelques consolations inattendues qui surgissent de l'infidélité même de l'aimé.

La première, fugace mais bonne à vivre, est celle du caprice satisfait. Une femme trompée est une femme offensée et celui qui trompe est le premier à en convenir. C'est pourquoi il souscrira bien volontiers aux fantaisies de la délaissée, à condition bien sûr (mais sait-il qu'il y a des conditions ?) qu'elles s'expriment vite et ne soient pas trop longues à combler. C'est ainsi que nombre de femmes trompées se retrouvent à Venise pour un voyage qui n'est d'amour que pour ce que les voyagistes en disent. C'est pourquoi on y croise tant de femmes au visage renfrogné qui n'admirent la ville que dans ce qu'elle leur refuse et où leur seule joie est d'y être à la place d'une autre.

Mes deux premiers voyages à Venise, avec deux hommes différents, à quelques années d'intervalle, m'ont été offerts pour cette raison-là.

Autre source de consolation pour la femme trompée : un homme qui trompe est un homme amoureux. De l'autre femme, de la nouvelle, mais aussi du monde entier et donc aussi de la femme qu'il voudrait oublier. L'homme amoureux offre souvent des fleurs, des petits cadeaux, à l'autre, mais aussi à celle qu'il trompe. C'est une erreur de croire qu'il agit ainsi par culpabilité, par simple culpabilité : il est heureux, tout simplement. Heureux d'aimer et d'être aimé, heureux d'être l'homme de deux femmes (au moins), heureux de légèreté. Les fleurs sont toujours bienvenues pour la femme qui aime, même si elles racontent l'infidèle : sa gaieté, son insouciance sont aussi des cadeaux pour elle.

Il est bon d'entretenir l'aspiration au bonheur chez l'homme qui trompe. Il est bon de cultiver sa légèreté, son goût retrouvé pour l'élégance, le rire et les propos décousus. Les femmes trompées cherchent plutôt à faire surgir chez celui qui les trahit les regrets, les remords, les tourments d'une âme honnête prise dans la nasse de son désir pour une autre. C'est une erreur grossière : les sentiments liés à la tristesse et au malheur se retournent toujours contre celles qui les font naître. De la colère et du chagrin ne naîtront jamais que la colère et le chagrin. Il n'y a pas de « bon droit » en amour, de situations justes ou injustes… Ou alors c'est que la loi en amour ne se mesure pas à celle qui régit les rapports ordinaires dans les sociétés humaines… Et l'usage en convient, qui accorde des circonstances atténuantes à celui ou à celle qui tue par amour.

Deceived

Deceived, en anglais signifie à la fois être déçu(e) et être trompé(e). L'un ne va pas sans l'autre : on est trompée et déçue. Déçue d'être trompée, trompée parce que déçue. L'anglais ne fait pas de différence entre masculin et féminin, et donc n'impute pas à un sexe plutôt qu'à l'autre les effets de la tromperie ou de la déception : les langues apprennent beaucoup sur les peuples qui les parlent.

Faut-il voir une relation de cause à effet dans cette confusion des genres et du sens du mot « *deceived* » ? Ainsi une Anglaise, ou une Américaine, ou une Australienne ne pourrait pas comprendre ce que recouvre la joie d'être trompée, et la manifestation inattendue et constante de cette joie douce et timide n'apparaîtrait qu'aux Latines d'Europe ou d'Amérique, aux Asiatiques et aux Africaines… C'est possible. L'universalité n'est peut-être pas de mise et l'amour se manifeste de différentes façons selon les cultures, comme l'art ou la religion.

Mais quels que soient les pays, un des premiers effets de l'infidélité est la déception. Même quand l'inconstance de l'aimé ranime le désir chez son amoureuse. Tout cela n'arrive pas toujours de manière ordonnée et les mêmes faits pourront provoquer la colère, le dégoût, le désir, ou tout ensemble. Ovide le sait qui dans *L'Art d'aimer* conseille l'amant infidèle en le comparant à un conducteur de char : « Tantôt il laisse flotter les rênes, tantôt d'une main habile il retient ses chevaux lancés à bride abattue. »

Encore faut-il que le conducteur maîtrise son char et qu'il ne soit pas surpris que la tromperie provoque soit la déception, comme le laisse entendre *deceived*, soit le regain d'amour, parfois les deux…

*

Henri ne trompait pas sa femme. Au commencement de leur union, c'était parce qu'il n'aimait qu'elle et il l'aimerait toute sa vie ; ensuite, ce fut parce qu'il travaillait tant qu'il n'y pensait plus ; à présent, il travaillait moins, mais tout en lui semblait engourdi, il aimait bien rêver, être seul. Il s'était pris de passion pour la vie des fourmis, il lisait d'innombrables ouvrages sur le sujet. Les fourmis n'avaient pas de souci amoureux, sauf la reine qui ne s'intéressait aux mâles que pour être fécondée ; c'était un être à part dans la société des fourmis. Henri pensait que chez les humains, les êtres qui s'intéressaient à l'amour étaient des êtres à part. C'était, hélas, le cas de toutes les femmes et pas seulement de quelques-unes. Il les évitait donc, jusqu'à ce jour où son infidélité fut provoquée, malgré lui, par une série de hasards (un rendez-vous avec une entomologiste du CNRS, déplacé chez lui à cause d'un oubli, une messagerie d'ordinateur en panne qui oblige à attendre, un vin frais d'Orvieto pour patienter, quelques confidences...). Le rendez-vous myrmécophile se transforma en rencontre amoureuse.

Mais le désir se contente-t-il de hasards ? C'est ainsi en tout cas que tout ce qui depuis quelques semaines se passait à leur insu les poussa brutalement dans les bras l'un de l'autre. Il était d'autant plus fier de sa conquête qu'à cause de sa jeunesse, de sa blondeur, de sa beauté un peu vulgaire, elle était convoitée par d'autres scientifiques, autrement plus brillants que lui, mais tellement moins chanceux !

L'épouse les surprit donc au beau milieu du salon de leur appartement alors que l'obscénité de leur position ne pouvait laisser planer aucun doute sur l'état de leurs relations. À son apparition dans l'encadrement de la double porte, il n'avait pas tenté le moindre repli, le plus petit mouvement de recul pour cacher sa honte et son désir. Quant à sa partenaire, à cause de sa position et parce qu'elle avait la tête enfouie dans les coussins en soie rouge du canapé, elle ne pouvait deviner l'intrusion d'une autre personne dans la pièce, et par le balancement de sa croupe et le rythme de ses soupirs exhortait son compagnon à poursuivre hardiment sa besogne. Il s'y employait avec zèle, ignorant par là même le regard sidéré de son épouse et accomplissant fièrement ce qu'on exigeait de lui, oui, oui, encore, encore.

Sur le coup, elle était restée quelques secondes accrochée au montant de la porte, ébahie, stupéfaite, prête à défaillir. Elle s'était finalement retirée sans bruit dans la chambre. Assise au bord du lit, elle avait attendu, le chat sur les genoux.

Quelques minutes plus tard, il la rejoignait enfin. Après quelques soupirs et beaucoup de larmes, elle avait explosé de colère. Il semblait qu'elle lui en voulait davantage de l'avoir exposée à son coït que de la tromperie même : l'appartement dans cet immeuble sombre du XIXe siècle était mal insonorisé et on entendait tout ce qui se passait dans l'escalier. N'avait-il pas reconnu ses pas qui montaient les marches, ni le bruit si caractéristique du trousseau de clés qu'elle cherchait toujours dans son sac au palier du troisième pour ne pas avoir à piétiner devant sa porte ? N'avait-il pas entendu les miaulements du chat qui l'accueillait bruyamment comme toujours dans le couloir, c'est-à-dire juste à côté de lui et de sa nymphomane ? Et alors qu'elle avait eu du mal à ouvrir, la serrure se bloquant comme presque chaque fois au moment de céder, pourquoi avait-il continué de plus belle son va-et-vient de débauché ?

Il ne répondait rien. Il regardait au loin et restait silencieux. Ce silence l'exaspérait, elle attrapa un vase (elle ne l'aimait pas, ce vase, c'est lui qui l'avait trouvé dans une brocante, il n'était pas assez profond, les fleurs n'y tenaient pas) et le lui lança à la figure. Il n'eut que le temps de se baisser et de quitter la pièce. Le vase, fracassé, gisait à ses pieds.

Elle ne savait à qui confier son malheur, elle avait trop honte. Elle décida d'appeler la cousine de San Francisco. Madeleine s'était installée en Californie quarante ans plus tôt. Elle n'était pas sa cousine mais celle de son homme qu'elle adorait : Madeleine saurait comprendre sa déconfiture sans accabler celui qu'elle aimait encore, et sans trahir cet ignoble secret : elle vivait trop loin.

Au fil des ans et sans qu'elle s'en rendît compte, le français s'était perdu dans la tête de Madeleine et elle employait des mots anglais dont elle jurait qu'ils faisaient partie de la langue de Molière qu'elle parlait désormais avec un fort accent américain. Pour l'américain, c'était pareil : elle le parlait comme on se moque... Placée ainsi à la croisée entre les deux langues, elle interpréta immédiatement le mot « déçue » qu'employa sa cousine comme une accusation d'infidélité de son cousin, avant même le récit de la tragédie de la veille. Cela aiguisa la jalousie de celle qui était trompée, dès lors convaincue que son compagnon n'en était pas à sa première infidélité : la cousine américaine en témoignait. Le malentendu était total. Elle raccrocha, persuadée qu'il ne lui restait plus qu'à quitter son appartement XIX*e* *et son mari.*

Quand il rentra en sifflotant, elle éclata en sanglots : non seulement il la trompait, mais il en était fier ! Il avait toujours traversé des périodes de sifflotement, elle y voyait à présent le signe que chaque fois, une autre était dans la place. Lui qui n'avait trompé sa femme que cette seule fois (et c'est ce qui explique qu'il n'ait pas su se cacher de celle qui rentrait, preuve qu'il n'était pas rompu à l'infidélité) se voyait attribuer petit à petit par sa compagne une armée de conquêtes. De manière étrange, ce sifflotement bouleversa ses projets : elle qui voulait rompre pour une infidélité, se sentit tout à coup indéfectiblement liée à celui qui, croyait-elle, l'avait toujours trompée sans qu'elle en souffrît jusqu'à ce malheureux jour. Elle pleura beaucoup, mais ne le quitta pas. Elle fit même dès lors assaut d'imagination érotique. Tous deux y trouvèrent du bonheur.

Il délaissa les fourmis et les myrmécophiles. De temps en temps, il reprenait ses sifflotements et cette simple habitude ravivait le désir qu'elle avait de lui. À Noël, la cousine Madeleine envoyait des cartes de vœux compatissantes et larmoyantes qu'ils ne lisaient pas.

Souffrance

Souffrir ne veut pas dire aimer. La souffrance d'être trompée n'est pas tant le signe de l'amour que celui de la perte de soi. On est brisée, cassée, éclatée, atomisée, dévastée. On n'est plus aimée, on ne s'aime plus, on n'aime plus.

C'est là le premier effet de la trahison. La souffrance ne vient pas de ne plus être aimée, mais de ne plus aimer. On pense toujours que c'est l'autre, le traître, qui n'aime plus, c'est bien plutôt d'abord celle qui est trahie, trompée. Le premier désamour vient d'elle, pas de celui qui trompe : lui ne se préoccupe pas de ne pas aimer, il aime ailleurs.

La seule issue vivante est l'amour, non pas celui que l'on recevait et qui s'adresse à présent à l'autre femme, mais celui qu'on éprouve et que la connaissance de la tromperie efface d'un coup.

Mais quand bien même ce serait le seul moyen de rester vivante, comment pouvoir aimer encore celui qui trahit l'amour ? Parce qu'il ne le trahit pas. Il trahit une femme, il ne trahit pas l'amour. La femme trahie s'exclut elle-même de l'amour par la souffrance qui la ravage, l'homme n'y a que peu de part.

(Je pense aussi le contraire de ce que je viens d'écrire là. En amour, parce que les principes se contredisent selon les circonstances comme l'écrit Ovide, la souffrance physique, la douleur de la peau, des muscles, des os, sont aussi le signe de l'amour.)

Et la souffrance est renforcée par le regard des autres parce qu'on est ridicule quand on est trompée. Je le vois bien aux drôles de regards qu'on me jette quand, à la question : « Sur quoi écrivez-vous ? », je donne comme réponse le titre du livre. Les visages se figent, esquissent un demi-sourire, et les réactions se font hésitantes, faussement indifférentes. Car comment dire : « Ah ! c'est un sujet qui vous intéresse ? Vous le connaissez bien ? » ou : « Vous croyez ? Mon expérience me dit tout le contraire » ou même : « J'adore lire des ouvrages sur des sujets que je ne connais pas ! » ou encore : « Quelle bonne idée ! Au moins vous savez de quoi vous parlez. » Le seul choix semble être entre l'hypocrisie et l'idiotie. On est ridicule et la souffrance redouble face à ces regards narquois, apitoyés ou méprisants que vous jettent les autres, tous les autres.

On refusera d'être plainte en exposant ses larmes, sa douleur, son chagrin. On laissera les autres à leur étonnement. Contempteurs compatissants moqueurs ricaneurs glousseurs, on ne les verra pas, on ne les entendra pas : pour vivre malheureux, vivons cachés.

La tromperie attire les voyeurs. Peut-être même les fait-elle naître. On devient voyeur non pas tant pour se repaître du malheur de celle qui est trahie que pour y trouver la certitude que là n'était pas l'amour. Sa propre situation, serait-elle dénuée de tout désir, de tout transport amoureux, apparaît ainsi plus enviable que celle de la malheureuse qui paye très cher le bonheur de ce qu'elle avait pris pour de l'amour et qui n'était qu'un médiocre fourvoiement. Les ricaneurs ricanent.

Et pourtant, eux non plus ne se lassent pas de chercher l'amour, la preuve, la certitude de l'amour : à travers les contes, les philtres, les serments... Et qui ne se méfierait de ces emballements que le quotidien rabote et dont on ne sait pas s'ils vont durer ?

Faute de le vivre soi-même, on veut à la fois être sûr de l'amour, et sentir le danger qu'il y aurait à s'y exposer. On le découvre – horreur ! jubilation ! – dans les larmes de celle qui est trahie. Voilà la preuve qu'on voulait. Celle qui est trompée s'expose à son entourage, comme une blessée qu'on regarde saigner sans la secourir.

On rira d'elle autant qu'on la plaindra. On se moquera de sa blessure, mais on continuera à l'observer. Quand on la croisera ici ou là, la première chose à laquelle on pensera en la saluant, c'est la tromperie dont elle est victime, on se demandera comment elle fait pour la supporter, pour ne pas paraître souffrir, si elle a pris un amant pour oublier. On jugera son goût vestimentaire, sa beauté, son âge, on cherchera sur elle l'explication de la trahison, on la trouvera défraîchie, sans goût, banale, on jugera pitoyables ses efforts pour donner le change. On lui imputera la faute de celui qui la trahit. On voudra à tout prix se rassurer sur son propre compte.

On guettera des larmes, des regards haineux. On provoquera des confidences. On s'étonnera de ses sourires et de son air heureux. On compatira à son air las, à sa solitude, on s'étonnera de son silence. On s'agacera de ce mystère et de cette espèce d'entente qu'elle semble maintenir avec son amant. « *Never complain, never explain.* »

Parfois, l'amante trompée cherchera comment tuer ces regards apitoyés et satisfaits. Par faiblesse, par orgueil, et pour ne plus souffrir, elle décidera de rendre coup pour coup. Elle voudra tromper à son tour.

C'est une erreur. La vengeance n'a rien à faire dans l'amour. La vengeance tue l'amour. Comment croire que l'amour, source de jouissance et de bonheur, puisse être une arme ! Sauf à en faire une arme contre soi, c'est-à-dire une arme contre l'estime de soi et le désir. La première blessure de la tromperie est souvent celle du dégoût pour soi-même. Faire l'amour avec un homme qu'on ne désire pas, simplement pour se venger d'un autre, ne fera qu'ajouter du mépris pour soi et pour l'aimé. Je ne dis pas qu'il ne faut pas tromper, mais sûrement pas pour se venger.

Faire l'amour avec un autre qu'on désire, pourquoi pas ? L'amour emporte sur des chemins détournés, il faut tenter de suivre.

On peut vouloir oublier dans les bras d'un autre la blessure qui vous est faite. On peut dans de nouvelles étreintes raviver dans sa chair le souvenir de l'aimé…

On peut tromper, mais jamais par vengeance. Parce qu'alors l'amour s'en ira et ne reviendra plus.

Trompeuses

Comment c'était quand vous trompiez ? Vous n'avez jamais trompé ? Mais si, bien sûr, nous avons toutes trompé. Peut-être pas avec un autre, peut-être pas pour de bon, mais « par pensée, par parole ou par action » comme je le chantonnais petite, à l'église, avant d'aller me confesser. On sait bien que la tromperie n'est pas nécessairement affaire de sexe ; vous avez vécu, évidemment, des moments intenses que vous n'avez pas partagés avec votre amant, mais avec un autre ou une autre, ou seule, et qui, passé ce moment où vous en avez voulu à l'aimé de ne pas être à vos côtés, ont renforcé, rétabli, recréé ce que vous vivez avec lui.

Et peut-être avez-vous vraiment trompé, je veux dire aimé un homme tout en partageant votre vie avec un autre. Rappelez-vous l'infinie douceur de ces étreintes secrètes et comme elles vous galvanisaient de retour près de votre compagnon… Rappelez-vous comme vous n'avez rien dit et comme vous étiez si honteuse de vos secrets et si heureuse de votre liaison… Et si vous n'avez pas connu ce bonheur de tromper, si fort qu'il a rendu la vie légère et agréable pour celui que vous trompiez, écoutez les confidences de celles qui trompent à tout âge et savent ne pas en avoir honte.

Les femmes qui trompent sont parfois les mêmes que celles qui sont trompées. Celles-là savent qu'il ne faut surtout pas tromper parce qu'on est trompée. Les femmes qui trompent ne se vengent pas : elles aiment. Elles peuvent aimer deux êtres à la fois.

C'est auprès de ces femmes-là qu'on peut trouver comment dépasser la douleur d'être trompée. Elles connaissent cette liberté d'être liée à deux amours en même temps. Elles savent aimer chacun de leurs amants, différemment, certes, mais parfois avec la même intensité, la même sincérité.

On n'est plus ni jeune, ni vieille, on est juste portée par le bonheur d'aimer et le désir circule d'un être à l'autre. Et personne ne sait rien, personne n'avoue rien, personne ne demande des comptes, personne ne « trompe » personne, le bonheur passé avec l'un rejaillit sur l'autre. La culpabilité, les années, l'expérience s'effacent devant la légèreté du bonheur et de l'appétit à vivre, tout comme la jeunesse, la naïveté et l'ignorance.

Ainsi sont les hommes qui trompent : ils peuvent aimer deux femmes en même temps. Et ce que vous ne mettez pas en doute chez celles qui vous racontent le bonheur d'avoir un amant tout en étant la femme d'un autre, ne le mettez pas en doute non plus quand vous êtes une des deux aimées d'un même homme.

Mais les femmes qui trompent ne sont pas toutes de la même eau. Certaines ne supportent pas l'infidélité de leur compagnon quand elles la découvrent. Les voici à leur tour à cette place qu'elles exècrent parce qu'elle les humilie plus qu'une autre. Elles ont eu pitié de celui qu'elles trompaient, c'est à leur tour de faire pitié. Enfin, c'est ce qu'elles imaginent. La douce joie se fera longtemps attendre pour celles-là qui ne veulent plus savoir qu'on peut être infidèle sans trahir.

Et si l'amour doit continuer à circuler entre les amants, il est bon que l'infidélité de l'homme réponde à celle de la femme (l'inverse n'est pas vrai). Je crois à cette règle archaïque qui veut que l'homme domine la femme dans le coït. Bien sûr, cette règle souffre des exceptions tout à fait réjouissantes. Mais quand même, que les trompeuses trompées sachent que pour rester dans l'amour avec l'homme qu'elles trompent, il leur faut accepter qu'il les trompe aussi.

Les archaïsmes de l'espèce humaine ne renvoient pas pour autant aux lois du monde animal et on aurait tort, à quelques exceptions près, d'y chercher des modèles de relations amoureuses. Contrairement aux autres créatures (mammifères, oiseaux, etc.), chez l'homme c'est la femelle qui se fait belle pour attirer le mâle. La révolution féministe n'y a rien changé, non plus que la féminisation apparente des mâles occidentaux : la femme se pare plus que l'homme. Pour plaire, pour séduire… C'est-à-dire pour être choisie, pour être enfin l'unique. Et quand bien même elle aurait plusieurs amants. La victoire n'est jamais totale parce qu'elle n'est jamais définitive. Et la femme n'en finit pas de se parer.

Chez les animaux, les mammifères surtout, la rivalité se manifeste entre mâles : le plus fort s'empare des femelles. Chez les humains, mâles et femelles sont également rivaux, et parfois également inconstants : un homme pourra ne pas se contenter d'une seule femme, comme un vulgaire mammifère, mais une femme pourra en faire autant… Pas sûr que les hommes, même infidèles, y trouvent leur compte.

Il faudrait prendre modèle, homme ou femme, sur les Bonobos. Ces petits singes d'Afrique résolvent tous leurs conflits par des caresses amoureuses. Finis les soucis d'amour-propre, d'infidélité et de tromperie : le coït consolateur panse les blessures. Quant à la joie… Non, l'anthropomorphisme n'ira pas jusque-là.

*

Cécile avait quitté Manuel parce qu'il la trompait. Quand elle avait appris son infidélité, elle n'avait pas hésité une seconde à partir : elle avait immédiatement éprouvé une répulsion totale à son encontre, elle ne supportait plus qu'il l'approche. Cette répulsion était provoquée par le total dégoût physique que lui inspirait son propre corps : elle était donc si peu désirable que son amant était allé vers d'autres femmes. Elle ne resta pas seule longtemps. Elle rencontra François. Il était beau, doux, fidèle. Il était fou d'amour. Elle était la plus belle. Il l'aimerait toujours.

Ses copines l'enviaient, Cécile s'ennuyait.

Et puis surgit Frédéric : il était petit, pas très beau, bavard, rieur, préoccupé de lui-même, des femmes, et de la mort. Ils se plurent immédiatement. Il faisait rire Cécile, l'enivrait de paroles enjôleuses et lui faisait l'amour comme personne avant lui. Cécile savait qu'elle l'aimerait toute sa vie. Mais quand elle rentrait chez elle au petit matin, repue de rire et d'amour, devant le visage doux et mélancolique de François, elle était prise d'un dégoût pour elle-même, bien pire que celui qu'elle avait connu quand Manuel la trompait. Ce n'était plus seulement une sensation physique, mais une sorte de honte, de rejet de tout son être : son corps, sa chair, mais aussi sa raison, sa foi, son esprit, tout en elle lui faisait horreur... Et pourtant toujours, elle revenait vers Frédéric et toujours elle était heureuse près de lui...

*

La morale de cette histoire, c'est Colette qui la donne : « C'est dégoûtant de coucher avec un homme qu'on n'aime pas. » On a peur d'aimer, peur de souffrir, peur d'être heureux. Le désir s'enfouit sous la peur, on ne le reconnaît plus. La peur est dégoûtante.

L'amour protège de la peur. Pour tromper un homme et retrouver avec lui le plaisir joyeux pris dans les bras d'un autre, peut-être faut-il l'aimer hardiment.

On ne peut tromper qu'un homme qu'on aime. On échappe au remords de tromper quand on aime celui qu'on trompe. On se dégoûte soi-même quand on trompe celui que l'on n'aime plus.

Paradoxe ? Non pas. Tromper un homme dont on se lasse transforme l'ennui en honte de ne plus aimer. Tromper l'homme qu'on aime transforme le quotidien avec lui en aventure passionnante pour peu qu'on souscrive à la loi de l'amour qui veut que la seule fidélité qui vaille est celle que l'on porte à son désir. Lui seul. Tout ce qui y ramène (émoi, coït, larmes) est source de joie et d'allégresse, même si c'est un autre qui réveille l'appétit de la chair. Un rival saura-t-il révéler à sa maîtresse des caresses qu'elle ignorait jusque-là ? Tant mieux. Elle pourra à son tour les partager avec l'homme aimé.

Que les amants se rassurent : quelles que soient les figures obligées qu'ils s'imposeront l'un à l'autre, la femme aimante saura toujours reconnaître son aimé.

Et le pacte qui se noue entre eux à ce moment-là est plus solide que celui des amants de la première fois : l'innocence de l'amour exige l'expérience des déceptions.

*

Elle l'aime, il l'aime. Ils ont trois enfants. Elle l'a trompé avec un prof, puis avec un peintre. Elle est très amoureuse de ses amants. Elle ne quittera jamais son homme pourtant. C'est son homme pour la vie, c'était le premier, ce sera le dernier. Entre-temps, il y a, il y aura tous les autres, essentiels et sans importance, enfin c'est ce qu'elle dit... Certes, elle le trompe, elle vit des moments intenses sans lui, exactement comme quand elle se passionne pour un livre, un film, un projet qu'il est heureux de lui voir vivre. Lui aussi aime des livres qu'elle ne lit pas, des films qu'elle ne voit pas... Elle finit par se dire qu'il aime aussi peut-être des femmes qu'elle ne connaît pas... Elle fouille ses affaires, sa boîte email, ses papiers. Elle finit par trouver ce qu'elle cherchait : des jolis bouts de phrases adressés à une autre, envoyés par une autre, qui signe « rl ». Elle note un rendez-vous prochain dans un café du centre-ville. Elle décide d'y aller. Elle achète une paire de lunettes, une perruque et un foulard. Elle est sûre qu'il ne pourra pas la reconnaître. Grimée, méconnaissable, elle va au rendez-vous. Elle identifie la jeune fille airelle à son regard inquiet qui se tourne vers la porte dès que quelqu'un entre. Elle est plutôt belle, pas maquillée, les yeux clairs, les cheveux longs châtains noués dans le dos, les ongles peints. Elle trouve ça vulgaire. Lui arrive peu après, le visage fermé des mauvais jours. La jeune fille se renverse sur le dossier de la banquette où elle est assise, esquisse un sourire. Elle se recroqueville dans son coin, remonte le foulard, les lunettes, plonge le visage dans la tasse de thé, il est passé près d'elle sans la voir. Il est assis à côté de la jeune fille. Elle entend bien leur conversation. Ils essaient de parler bas mais parfois les mots sont presque criés. C'est lui qui crie. C'est une scène de rupture. Il ne veut plus continuer son histoire avec la jeune fille, il le dit clairement, elle n'a pas l'habitude de l'entendre parler si fermement. La jeune fille répond très vite, très bas, elle n'entend pas ce qu'elle dit, elle aussi parle net, elle la voit fouiller dans son sac, elle croit qu'elle cherche un mouchoir, c'est une peluche, elle la reconnaît, elle appartient à son plus jeune fils, la jeune fille l'agite devant lui comme un trophée. Elle se tasse sur son siège, elle va crier, bondir... Il a arraché la peluche des mains de la jeune fille qui sourit, s'étire, bâille un peu. Elle lui en veut. Du sourire, de la peluche, de la scène, du bâillement, de la fin de la scène...

La jeune fille tend la main vers l'homme, mais c'est pour lui reprendre un sachet de sucre qu'il malaxe entre ses doigts. Elle avale son café, bâille encore un peu, se lève. Elle renoue ses cheveux en se regardant dans la glace, elle se trouve belle, elle oublie l'homme au visage fermé. Elle se penche vers lui à nouveau, pose sa main sur la main qui enserre la peluche, c'est leur seule caresse, elle est partie. Elle danse en marchant, il suit ses fesses du regard. Il joue avec la peluche écrasée entre ses doigts. Il n'a plus son air sombre. Elle le déteste. Quand la jeune fille a disparu au coin de la rue, il se lève à son tour, s'en va dans le sens opposé, la peluche dépasse de sa poche et la regarde.

*

La différence entre vie privée et vie publique instaurée par la bourgeoisie du XIXe siècle se réduit à nouveau. En témoignent tous les magazines que je lis chez mon coiffeur. Derrière l'amour qui s'exhibe dans leurs pages, se cachent toujours des intérêts sociaux, financiers, religieux ou mondains. L'amour n'est qu'un costume, un déguisement. On le singe, on l'exalte, et le lecteur est invité à rêver ou à compatir selon que les couples se font et se défont au rythme de leurs ventes.

Dans ces travestissements de l'amour, la tromperie existe d'emblée, jetée en pâture au lecteur, comme la preuve d'un jeu de dupes où celui, celle qui aime est toujours le dindon de la farce. La tromperie est là avant même l'amour et sans lui. Aucune douce joie ne naîtra dans ce monde où ce qui se montre prétend être ce qui se vit. La peine seulement…

Serments

Certains couples, fascinés par l'intensité de leur amour, ou au contraire inquiets de la passion qui les envahit, trouvent nécessaire de passer un contrat d'amour. Ce contrat repose sur une fidélité totale et réciproque qui ne tolère aucun accroc.

Quand j'étais jeune, ces contrats allaient de soi entre mes amoureux et moi, et le non-respect de l'accord entraînait une séparation immédiate. Le chagrin, violent, durait peu.

J'ai renoncé à ces pactes, tacites, ou explicites, non par lâcheté, ou pas seulement par lâcheté, mais parce qu'ils offensent l'amour. Le contrat de fidélité me semble témoigner davantage de la peur de l'amour que de l'amour même. Les contraintes de l'amour risquent de devenir de l'amour contraint. On n'est jamais sûr d'aimer toujours. Les serments masquent cette incertitude, la cachent aux yeux des plus craintifs. L'amour, parce qu'il est l'amour, est toujours incertain. L'amour est un mystère, je veux dire un miracle. Aucun serment ne peut ni l'obliger, ni le protéger.

Ces serments de fidélité sont les piliers de toutes les grandes religions, qui tentent non pas de tempérer l'amour ni même de le limiter, mais de le canaliser, de le désexualiser, sauf bien sûr pour la reproduction. Le mariage est leur création.

Plus étonnant, ces engagements à la fidélité (réciproque !) figurent aussi dans les textes du mariage républicain : l'article 211 du code civil, révisé en avril 2004 (ce n'est donc pas un article oublié qui date de Napoléon) dit que les époux se doivent « respect, fidélité et assistance mutuelle ». En 2004, le législateur n'a pas cru bon d'enlever le terme de « fidélité » qui devait y être depuis toujours. Il a ajouté, en revanche, peut-être influencé par le vocabulaire de la jeunesse ou les mauvais traitements qu'on fait parfois aux femmes, le terme de « respect ». La différence (le progrès ?) avec les décennies passées, c'est que l'adultère n'est plus considéré comme une faute lourde qui conduit automatiquement au divorce.

Les serments de fidélité ne sont pas les seules contraintes que l'État, les Églises, le corps social tentent d'imposer à l'amour ou plutôt à l'idée qu'on s'en fait. Il y a aussi toute la cohorte des préjugés.

Il semble pour certains êtres si peu sûrs de leurs sentiments, ou plutôt si peu à l'écoute d'eux-mêmes, que même dans l'amour, ils s'en tiennent à ce qu'ils ont appris plutôt qu'à leurs sensations, leurs sentiments propres.

Ainsi, beaucoup de femmes se moqueraient d'être trompées si l'image convenue du couple, avec laquelle elles ont construit la vie à deux, n'était pas complètement remise en cause par la tromperie dont elles sont victimes.

Mais les chemins de l'amour se tracent au fur et à mesure de la vie à deux : il n'existe ni modèles à imiter ni pièges à éviter. On se fabrique tout, tout seul, toute seule. Et on accueille l'autre, l'aimé, le mieux qu'on peut, c'est toujours du bricolage et c'est tant mieux. Pas d'idéologie en amour, pas de règle imposée de l'extérieur. Ne pas s'en tenir à l'idée : ni l'idée du couple, ni l'idée de l'amour, ni l'idée de la fidélité, ni l'idée de la vie à deux. Mais le faire, l'inventer. C'est le plus difficile.

Il faut apprendre à renoncer à l'image que l'on se fait de son couple. Ou plutôt non, ne pas y renoncer, mais la laisser flotter, ne pas chercher à la fixer, à la figer. Se contenter d'instantanés successifs et différents au fil des mois, des années au lieu d'une seule image arrêtée qui s'efface peu à peu… Ainsi, les photos jaunies dans les cimetières semblent condamner ceux qu'elles représentent à un oubli rapide et définitif.

*

Jeu de rôles : Louis qui trompe sa compagne, Lucie, compatit au sort de son amie Gaëlle que trompe son mari, Alexandre : « Tu comprends, elle est la risée de tout le monde, elle n'ose plus aller passer ses vacances dans son village tellement elle a honte. » Je m'étonne qu'il n'ait pas la même compassion pour Lucie : « Ce n'est pas pareil, on n'est pas mariés, elle est libre, je le suis aussi... » Voilà. L'idée qu'il a du couple, de l'amour, n'est pas la même dans et hors le mariage. Louis est un homme jeune, pas un vieux barbon du siècle passé. Donc il considère que, puisqu'il n'est pas l'époux de Lucie, il peut la tromper sans honte et sans qu'elle s'en offusque. Mais il ne reconnaît pas ce droit à Alexandre parce qu'il est le mari de Gaëlle ! D'autres pourraient penser, au contraire, qu'on trompe une femme qu'on a épousée plus aisément qu'une maîtresse aimée parce que le pacte du mariage ne repose pas sur une passion passagère mais sur d'autres intérêts, parfois tout aussi sentimentaux, mais plus stables et si longs... Sans doute Louis connaît-il mieux que d'autres le code civil : on se doit fidélité entre époux, pas entre amants.

Mais lui, que veut-il, au fond ? Se marier ou préserver sa liberté ? Ou les deux ? Bref coup d'œil noir, mes questions l'agacent, mais il rit, un rire haut perché de femme courtisée : « Comment ça, deux ? Mais trois ! quatre ! vingt ! cent ! mil e tre, *comme l'autre, là, l'Espagnol ! Je les veux toutes !*

Tant que je banderai, je les veux toutes ! Je sais : les femmes veulent le mariage, elles veulent toutes le mariage, et les hommes, la guerre, ils veulent tous la guerre. C'est comme ça, coupé en deux, le monde. Aux femmes le mariage, aux hommes la guerre ! Alors, les hommes se marient avec les femmes pour qu'elles les laissent tranquilles, et puis ils vont faire la guerre. Et les femmes sont contentes. Bien sûr, il y a des exceptions : des femmes pas contentes qui font la guerre comme des hommes et des hommes pas mariés qui font l'amour comme la guerre. Et heureusement qu'il y a des exceptions, sinon, qu'est-ce qu'on se ferait chier ! On serait déjà tous morts tellement on s'ennuierait. Moi, je veux bander, le plus longtemps possible, et quand je ne banderai plus, je veux bien mourir, tout de suite. »

Mariage

Voilà un sujet que j'aborde avec prudence. Non que les exemples de tromperies, de peines et de joies manquent à l'intérieur du mariage, mais je ne peux guère parler d'expérience, je ne me suis jamais mariée, et autour de moi, les célibataires sont plus nombreux que les gens mariés, question de génération sans doute. Et si les mariages en ce début du XXIe siècle sont de plus en plus fréquents, il ne semble pas que ces unions tiennent très longtemps : le mariage est consommé dans tous les sens du terme. Le mariage ne dure pas.

Il fut un temps pas très long, pas si lointain, où il durait ; c'était au XXe siècle, quand on avait eu la chance d'échapper aux grands massacres des deux guerres. Et je suppose qu'aujourd'hui encore, au moment où un homme et une femme s'engagent comme époux, ils comptent bien vivre ce qu'écrivait François Mauriac dans son *Journal* en 1934 :

« Combien peu d'amours trouvent en elles-mêmes assez de force pour demeurer sédentaires ! Et c'est pourquoi l'amour conjugal, qui persiste à travers mille vicissitudes, me paraît être le plus beau des miracles, quoiqu'il en soit le plus commun. Après beaucoup d'années, avoir encore tant de choses à se dire, des plus futiles aux plus graves, sans choix, sans désir d'étonner ni d'être admiré, quelle merveille ! Plus besoin de mentir : le mensonge ne peut désormais servir à rien, tant les époux sont devenus transparents l'un pour l'autre. Tel est le seul amour qui aime l'immobilité, qui se nourrisse de l'habitude et du quotidien. »

Voilà : la grandeur, la beauté du mariage, se mesurent sur la durée et l'éthique de la confidence et de la vérité. On ne sait pas s'il y eut ou non infidélité, tromperie, et qu'importe…

Mauriac (qui écrivit, faut-il le rappeler, un roman dans lequel l'épouse tente d'assassiner son mari) affirme que le mariage, ou plutôt, comme il le dit de manière surannée et si jolie, « l'amour conjugal », est un miracle quand il résiste à l'épreuve du temps. Non pas à cause de sa durée elle-même, mais parce que le temps vécu à deux conduit à cette connaissance réciproque. Le miracle, c'est qu'il n'y ait pas de lassitude. Et ce miracle s'appuie sur une discipline, la discipline de l'amour.

On ne rompt pas les liens du mariage au nom d'une lassitude. L'amour comme discipline doit prouver sa résistance, sa vigueur dans les épreuves. L'épreuve de l'inconstance en est une, et la principale. Je ne sais pas si François Mauriac a trompé sa femme (Mauriac est un mémorialiste qui se livre peu « par bonne éducation, par pudeur », écrit-il), mais, bien sûr, il a éprouvé ces moments où l'amour que l'on porte à un être s'oublie devant d'autres sollicitations… Peu importe qu'il y ait répondu ou non, c'est son affaire, l'amour dans le mariage est resté le plus fort. Mauriac puise la force de ce lien en Dieu. C'est cela que veut dire « amour conjugal » : l'union est établie devant Dieu ; pas en tête à tête, pas devant les seuls humains. C'est à Dieu qu'il rend compte de son amour. Et même, il est convaincu que la femme est plus capable que l'homme de répondre à cette exigence de l'amour devant Dieu : « Je crois qu'il existe un point de perfection où une grande âme féminine ne peut être rejointe par aucun de nous. » Si lui le dit…

Pour ceux qui ont la foi, l'amour inscrit devant Dieu est indestructible, pour tous les autres qui n'ont pas cet horizon d'éternité, l'épreuve de l'amour est plus rude mais tout aussi belle.

Certaines femmes, intransigeantes sur la fidélité de leur amant avant le mariage, se moqueront d'être trompées une fois mariées. D'autres, au contraire, ne toléreront plus la moindre incartade. Manque d'intelligence ? Revanche sur le destin ?

On voit des jeunes femmes enterrer leur vie « de garçon » comme le faisaient autrefois les hommes… Croient-elles que le mariage ressemble aux photos, non pas de la génération de leurs mères (elles se sont peu mariées), mais de leurs grands-mères ? Croient-elles, comme elles, que le mariage couronne l'amour ? Ou même le renforce ? C'est confondre la cause et l'effet. On devrait se marier quand on est sûr que le mariage n'abîmera pas l'amour (mais l'est-on jamais ?), alors qu'on le tient aujourd'hui pour une sorte de bouée de sauvetage dans le maelström des sentiments ! Quelle erreur ! Même pour Mauriac, enfant de la bourgeoisie bordelaise catholique, même à son époque, il tient qu'un mariage réussi est un miracle !

La particularité essentielle du mariage est la mise au jour de l'union : pour se marier, il faut publier des bans avant. Donc on prend la société à témoin de son amour. S'il y a tromperie, inconstance, la société sera toujours là pour voir, constater, juger ! Bien sûr, on essaiera de taire, de garder secret, comme font tous les couples infidèles, mariés ou non, mais quand même, on rajoute une difficulté peut-être inutile. Les amants n'engagent qu'eux-mêmes dans les règles qu'ils édictent. Le mariage engage tout le monde. En amour, c'est souvent trop.

*

Ils se sont connus, ils n'avaient pas dix-huit ans. Ils se sont mariés juste avant la naissance de leur premier enfant. Quand il l'a trompée la première fois, elle a failli le quitter. Elle est restée quand même. Mais depuis, elle ne quitte plus la Provence ; lui travaille à Paris et la rejoint de temps en temps. Il collectionne les maîtresses et on dit qu'il tient un cahier où il les comptabilise. D'elle, on ne connaît aucun amant. Ils ont eu plusieurs enfants. Ils n'ont pas divorcé. L'équilibre s'est fait comme ça et ils l'ont adopté sans trop de souffrance, semble-t-il : lui a besoin d'un foyer où il puisse toujours revenir, elle n'aurait pas su où aller avec les enfants. Ils sont restés mari et femme, mais pas ensemble, pas sous le même toit tout le temps. Après cette immense douleur de la première tromperie, elle a souffert de moins en moins au fil de ses aventures. Elle est toujours heureuse qu'il ait envie de lui faire l'amour quand il vient la voir. Elle n'a jamais aimé le sexe, mais elle aime qu'il la désire encore. Elle compte ses maîtresses. Elle est plus à jour que lui dans le décompte.

Un jour, elle apprend que l'une d'elles a voulu se tuer. Elle découpe les articles sur cette tentative de suicide dont parlent les journaux parce que la jeune femme est la fille de gens célèbres. Elle se sent responsable, elle se fait l'effet d'une ogresse, son mari est l'ogre, ils sont à eux deux la cause de cet acte de désespoir. Elle déteste son mari, elle se déteste. Elle va voir la jeune femme. Elles deviennent amies. Elle l'invite chez eux. La jeune femme s'installe en Provence, partage la maison, les tâches ménagères, les vacances, l'éducation des enfants. Tous ces gens ont l'air heureux. La jeune femme surtout. Un jour, pourtant, elle s'en va. Elle part en Afrique avec un homme. Dès lors, les deux époux, même éloignés l'un de l'autre, ne se supportent plus. Ou plutôt, ne supportent plus d'être mariés. Les enfants partent, eux aussi. Il a perdu le goût de ses conquêtes, elle celui de faire des conserves et d'entretenir le jardin. La distance qui les sépare n'est plus assez grande pour protéger leur amour. Il n'y a que de l'espace. Il n'y a plus d'amour, il n'y a plus de joie. Le jour du divorce, il se tue en voiture.

*

Quand les amants se sont trouvés, faut-il qu'ils se marient ? Je ne sais pas. Le mariage fait certes rêver la petite fille qui sommeille dans chaque femme… Faut-il laisser dormir la petite fille ? Faut-il la réveiller ? Les petits garçons, eux, rêvent de guerres, et quand ils sont devenus grands, de conquêtes. Pas seulement pour le plaisir de guerroyer, comme l'affirme Louis. Mais aussi parce qu'ils ont longtemps porté seuls la responsabilité sociale et économique du couple, de la famille. Ils y échappaient fugacement dans les bras d'une autre qu'ils ne voulaient pas aimer, qu'ils méprisaient souvent, mais qui donnait du plaisir, tant de plaisir… « Une coupable joie et des fêtes étranges », écrit Baudelaire, cet homme seul…

Encore un mot de Mauriac sur le mariage ; il est moins gai que le précédent : « Que l'obsession de l'autre tourne à l'ennui de sa présence, ce changement lent ou rapide est la fatalité des passions et fait du mariage ce que presque partout nous voyons qu'il est. En considérant un certain visage, en écoutant une certaine voix, nous essayons de nous rappeler le temps où pour nous ce visage faisait la nuit et le jour sur le monde et où l'air que nous respirions était moins nécessaire à notre vie que cette voix bouleversante. C'est maintenant un visage comme tous les visages, une voix comme toutes les voix : c'est la petite ligne blanche à peine distincte d'une très ancienne cicatrice. »

Ainsi l'amour est aussi, pour cet homme si peu enclin aux manifestations de la passion humaine, une blessure. La trace qu'il laisse, dans la chair et l'âme, est une cicatrice…

Pour rester dans l'amour, il faut donc rouvrir la blessure, ne pas se contenter de la « petite ligne blanche ». Voilà ce qu'opère l'inconstance de l'aimé : elle rouvre la cicatrice, elle rouvre l'amour. L'épreuve est rude. On peut la refuser. On peut ne pas avoir le courage de la supporter. Les femmes les plus chanceuses (ou les plus fatalistes, ou les plus optimistes) penseront qu'elles n'ont pas le choix et l'accepteront.

Il faut rouvrir la petite ligne blanche. Peut-être l'amour mourra-t-il pour de bon, peut-être renaîtra-t-il…

… J'arrive tout doucement à la joie d'être trompée. On ne peut pas y arriver vite ; il y a la peine d'abord, le chagrin, la douleur, les détours sont innombrables ; c'est un labyrinthe, ce sont des ronds dans l'eau : la joie est cette pierre jetée que l'on n'a pas eu le temps de voir, mais dont on sait qu'elle est là, au fond, dont on devine la trace à cause des cercles à la surface qui s'éloignent du centre où elle est tombée. Pour trouver la douce joie, il faut remonter ces cercles concentriques du plus large au plus resserré, et passer de l'un à l'autre par des sauts que n'admet aucune logique si ce n'est celle de l'amour, l'amour singulier tel qu'on ne l'a jamais appris mais tel qu'on le sent, et qui, de cercle en cercle, devient plus précis, plus aigu, parfois plus douloureux, jusqu'à la plongée vers la douce joie.

Image

Peut-être n'ai-je imaginé ce texte que pour m'excuser auprès des femmes, des autres femmes, toutes les autres femmes : ma mère, mes sœurs, mes amies, mes relations, mes copines, et puis toutes les autres, celles que je ne connais pas mais qui me connaissent quand même parce qu'elles me voient à la télé… Je crois que j'essaie de me faire pardonner non pas le désir partagé par tous d'être aimée de tous, mais de le réaliser, grâce aux projecteurs, à l'image, à la télévision. Je sais bien que ce sont les projecteurs, justement, qui m'installent dans cette réalité étrange, inconcevable, d'être, pour quelques instants seulement mais pour quelques instants quand même, la seule, l'unique aimée (ou haïe, mais c'est presque pareil).

Alors, hors du plateau et de cette réalité irréelle, le destin trop favorable prend sa revanche : je suis, dans la vraie vie, celle de tout le monde, trahie, trompée, bafouée. Heureusement, le destin n'est pas si sévère et à la trahison il ajoute l'amour, corollaire indispensable et constant qui fait de moi, hors de l'écran, une femme aimante et aimée.

Mais je reviens à la réalité irréelle de la télévision. À travers elle, je projette une image que je veux être la plus aimable, la plus attirante possible ; on est à l'écran pour être aimée.

Tous, nous tous qui sommes devant les caméras, qui pénétrons dans les cuisines, les chambres, les salons, sans distinction de lieu ou de richesse, nous sommes là pour être aimés. Et qu'avons-nous donc en commun à réparer pour avoir tant besoin d'être aimés ? Par autant de gens à la fois ? Et de façon aussi répétée ? Comme si jamais, jamais, on n'était assez aimé… Est-ce aussi simple que cela ? Le désir d'être aimé ? Et pourquoi, chez tous, cet appétit jamais satisfait, jamais comblé d'être à l'image ? La gloire ? Limitée. L'argent ? Pas aussi abondant qu'on le croit. Non, il s'agit bien d'être aimé(e), seul(e) aimé(e). Ne pas mourir. Être sauvé de la mort par l'amour.

L'image nourrit l'amour qu'on suscite et le tue en même temps. Ce n'est pas un amour pour de vrai, c'est de l'image, justement, et l'amour projeté n'est ni échangé, ni donné, juste exposé, et voilà pourquoi, sans doute, il manque toujours.

J'essaie de ne pas être dupe de cet amour-là. Je sais bien qu'à peine j'aurai quitté l'écran, je serai oubliée. Ce n'est pas qu'on ne m'aimera plus, c'est qu'on en aimera une autre pareillement, à ma place, qui n'est ma place que pour autant que je l'occupe, et la prochaine ou le prochain y sera tout aussi aimé(e) que moi. Ce n'est pas une question de personne, je le sais. Et je l'oublie.

Dans la vie hors de la télé, je ne suis plus objet d'amour mais sujet d'amour : aimante d'abord. Et je me balance ainsi, non pas entre deux hommes comme Jeanne Moreau dans *Jules et Jim*, mais entre vie de télé et vie réelle. L'élan de l'amour me pousse de l'une à l'autre, je vole entre les deux, aimée d'un côté, aimante de l'autre. Pourrais-je aimer si je n'étais pas aimée ? Pourrais-je être aimée si je n'aimais pas ? L'équilibre, instable, tient. Il est sans passé, sans avenir. Telles les masses d'air dans le ciel, anticyclone et dépression, c'est un présent qui dure.

Sang

La blessure de toutes celles que je croise dans la rue, la blessure qui saigne chaque mois, la blessure par où passent les enfants qui naissent, la blessure qu'il faut cacher, masquer, maquiller, la blessure qui fait jouir, souffrir, triompher, la blessure qui ne cicatrise pas.

Dans les cellules des moines de San Marco, Fra Angelico a peint le sang qui coule de la blessure du Christ sur la croix. Cette blessure par laquelle s'écoulent des flots de sang, c'est l'amour de Dieu. Ainsi l'amour des femmes. L'amour déchire la chair, ouvre le corps. On n'est plus protégée. On est à vif. On est blessée, non pas parce qu'on est trompée, délaissée, pas aimée, mais parce qu'on aime. L'amour est la blessure.

Enfants

Je ne devrais pas parler des enfants dans ce livre. Ils n'y ont pas leur place. C'est d'ailleurs une des rares certitudes que partagent tous ceux que les conceptions de l'amour opposent : les enfants n'ont rien à faire dans les histoires d'amour de leurs parents. Ils ne sont pas un trésor de guerre pour régler des conflits d'amour entre adultes. Les enfants ne sont pas des trésors, ce sont des enfants.

Mais enfin, difficile de parler d'amour sans parler d'enfant. Qu'on le veuille ou non, c'est le but du jeu, un but bien dérangeant parfois, et qui repousse l'amour et le désir si loin qu'on les oublie.

C'est pourquoi l'amour, ses joies, ses lois, ses ruptures, ses regains, ses épisodes infinis doivent se dérouler loin des enfants. C'est dire qu'il faut s'enlever de la tête toute référence à ses petits quand on est en danger d'amour, quand on est trompée. C'est une interdiction absolue avec laquelle il ne faut pas transiger. Je le dis avec d'autant plus de force que je sais à quel point la tentation est forte, quand on souffre, de se réfugier derrière sa progéniture, soit pour se faire consoler, soit pour apparaître dans le rôle infiniment glorieux de mère presque parfaite. Rien de mieux pour faire honte à celui qui trahit !

Stop ! Non ! C'est interdit !

J'ai vu des femmes qui, pour ne pas tomber dans ce piège parfois extrêmement subtil, ont choisi (je ne suis pas sûre que ce soit toujours un choix conscient) de ne pas vivre avec l'homme qu'elles aiment même quand il est le père de leurs enfants. Ou qui vivent avec l'homme qu'elles aiment, mais sans créer de famille avec lui. Ce n'est pas qu'elles s'y refusent, au contraire, une femme aimante veut toujours, consciemment ou non, un enfant de celui qu'elle aime, mais – sagesse intuitive ? difficulté économique ? enfants déjà nés ? – elles tentent toujours de séparer l'amant et le père de leurs enfants, même quand c'est le même homme qui tient les deux rôles.

Pour les hommes, il y a la maman et la putain, pour reprendre le titre du film de Jean Eustache, et les deux rôles sont rarement tenus par la même femme. Il y a la maman qui a fait le petit garçon, et la maman avec qui le petit garçon devenu grand a fait des enfants, et qu'il finit par confondre dans un bonheur mélancolique et asexué.

Et puis, il y a la putain, qui n'est jamais la maman, mais avec qui le plaisir des sens, le bonheur de la chair, s'épanouit.

Et aucun homme, jeune, vieux, citadin, campagnard, banlieusard, riche, pauvre, musulman, protestant, catholique, athée, blanc, noir ou jaune, aucun n'appellera spontanément « amour » la jouissance sexuelle avec une femme. Drôle de système masculin, qui a besoin de mépriser sa joie.

Drôle de système féminin, qui a besoin de nommer « amour » l'abandon à l'autre sexe, et qui enchaîne l'amour au coït, et le coït à la procréation. Loi de l'espèce dont on cherche à se dégager en même temps qu'on rêve de s'y plier. Alors, telles des abeilles obstinées, ouvrières programmées pour ce mode de vie, la plupart des femmes s'astreignent au pari impossible de mener de front l'amour et la maternité.

Et sans doute peut-on se réjouir de l'infidélité de leur compagnon qui, en semant ce grand désordre du désir retrouvé (avec une autre), les autorisera à échapper, elles aussi, à ces rôles imposés. Dans les larmes, peut-être, mais aussi dans la liberté découverte.

Et les enfants ? On fera comme pour soi : on essaiera de ne pas tricher, de dire ce qui semble juste, on parlera, on écoutera, on évitera les larmes, on s'interdira les plaintes.

*

Ils s'étaient disputés juste après les vacances. Dans un restaurant de la rive droite. À cause des enfants. Elle trouvait qu'il donnait trop d'argent aux enfants de sa femme d'avant. Il voulait payer un voyage « sabbatique » à son aînée pendant un an. Elle avait explosé. Elle s'était montrée jalouse, avide, hystérique, méchante. Au retour, ils en étaient venus aux mains dans le hall de son immeuble. Les enfants dormaient. Ils n'avaient pas allumé la lumière. Elle avait continué à le frapper dans le noir dans des murmures rageurs. Il se contentait d'esquiver les coups. À la fin, à bout d'arguments, il lui avait fait l'amour. Elle avait beaucoup pleuré. Le lendemain, il était parti tôt en Normandie pour son travail. Dans ces années-là, il n'y avait pas de portable. Il avait dit qu'il appellerait pour donner le téléphone de son hôtel. Il n'avait pas appelé. Elle était triste et en colère. Elle ne se plaignait pas de son silence, elle en avait besoin. Les enfants, eux, réclamaient leur père.

Au bout d'une semaine, elle avait cherché dans l'annuaire des noms d'hôtels de la petite ville où il avait dit qu'il serait. Il n'était dans aucun. Elle chercha aux alentours. Les réponses étaient toujours négatives. Une fois, enfin, on lui dit qu'on lui passait la chambre. Une voix féminine répondit, mais quand elle demanda à lui parler, à lui, la femme lui dit qu'elle se trompait, qu'il n'y avait personne de ce nom avec elle.

Elle se concentra sur les enfants. Sa vie avec eux était paisible. Elle savait qu'il reviendrait, il était toujours revenu. C'est ce qu'elle leur répétait inlassablement, le soir, avant qu'ils s'endorment.

Elle n'était pas pressée. Elle aussi avait besoin de cet éloignement. Il fallait sortir de ces scènes grotesques.

Elle s'était installée dans son nid, ses petits sous son aile. L'équilibre était précaire mais elle s'y sentait bien. Elle était forte. Peu importait la durée du silence qu'il imposait. L'anniversaire de leur fille arriva, il n'appela pas, il envoya un cadeau. Pendant quelques heures, elle fut désespérée. Elle ne parlait pas à ses proches, ils n'avaient jamais rien compris à leur amour, à leurs disputes, à leur refus d'habiter ensemble malgré les enfants. Elle se remit à l'attendre. La nuit, elle se levait pour guetter sa silhouette au bout de l'avenue. Le jour, elle était incertaine. Elle criait beaucoup pour des bêtises, elle était absolument seule. Sa maison n'était plus un nid douillet, c'était une ruine glacée où la présence des enfants l'exaspérait.

Le 20 décembre, quelqu'un lui dit qu'il l'avait vu dans la rue depuis l'autobus. Il avait l'air pressé, il marchait vite. Elle aurait préféré ne pas avoir de nouvelles du tout. Quelque chose était en train de s'effilocher dans sa vie, elle ne savait pas trop quoi. Noël passa, et le jour de l'an, et l'anniversaire de leur fils, et la Saint-Valentin. Elle marquait les jours sur le calendrier. Son garçon s'était remis à faire pipi au lit la nuit.

Le 21 février, elle croisa dans la rue un autre homme qui l'invita à prendre un verre dans un café. Ils y passèrent tout l'après-midi, elle rit beaucoup, elle faillit rater la sortie de l'école. Le lendemain, ils se retrouvèrent à nouveau au café. Il vint chez elle un soir tard, quand les enfants dormaient. Il revint souvent. Ils étaient avides l'un de l'autre. Il aimait sa maison, elle s'inquiétait moins pour son garçon.

Il réapparut le 2 mars. Il voulait voir les enfants. Elle le croisa sur le palier. Il avait maigri. Il portait la barbe. Les enfants se cachaient et riaient.

Son silence avait duré cinq mois et douze jours. Il n'y avait plus rien à fêter entre eux, ni anniversaire, ni fête, ni nouvelle année. Il vit qu'elle portait une jupe verte qu'il ne connaissait pas et des talons hauts. Il avait toujours aimé ses jambes.

Jalousie

Je reconnais la présence d'une autre femme entre mon homme et moi ; le goût de sa peau est différent, le frisson qui le parcourt quand je le caresse dit sa répulsion pour mon geste, et, presque en même temps, son souffle suspendu veut que je continue quand même. Et c'est dans ce « quand même » que la saveur de sa peau, la douceur des caresses entraînent, raniment, exacerbent mon désir et le sien. Je l'appelle « amour ».

*

Vacances en Toscane. Nous partageons le même lit. Il a laissé à Paris celle que je nomme « la bricoleuse ». Moi je n'ai laissé personne : nos enfants sont avec nous et nous sommes enfin ensemble, au repos. La chambre bruisse du chant obsédant des cigales et du vent qui souffle sur le haut de la colline où est bâtie la maison. Les tours de Sienne et la montagne bleutée se découpent dans la fenêtre au fond du paysage. C'est l'heure la plus chaude. Il s'est couché pour la sieste. Je viens le rejoindre. Je m'allonge. Il se pousse vers le bord du lit. S'il dormait vraiment, il tomberait. J'écoute sa respiration, je respire son odeur, je lui tourne le dos, je regarde les tours de Sienne, il ne m'aime pas, il est là, près de moi, il dort, peu importe qu'il fasse semblant, son souffle, son odeur, les tours de Sienne disparaissent, je glisse dans le sommeil. Je suis réveillée par sa main qui caresse mon flanc. J'ai bougé sans doute, il a senti que je m'éveillais, il est à nouveau loin de moi, au bord du lit, je m'approche, me colle à lui, il va tomber, on respire à peine, on est immobiles, les cigales crient, on s'endort.

Ce jeu dure plusieurs jours, plusieurs nuits. On fait l'amour parfois, mais à peine, comme par inadvertance, aussi surpris l'un que l'autre par ce désir d'accouplement. Je sens toujours sur sa peau l'odeur de l'autre femme, et l'indifférence qu'il me manifeste répond à la fièvre qu'il éprouve pour elle. Je dissimule le chagrin. Il dissimule son plaisir. Réticent à mes caresses, il se soumet malgré lui à ce désir qu'il ne reconnaît plus, mais si vivace, si fort.

*

« Comme jaloux, je souffre quatre fois : parce que je suis jaloux, parce que je me reproche de l'être, parce que je crains que ma jalousie ne blesse l'autre, parce que je me laisse assujettir à une banalité : je souffre d'être exclu, d'être agressif, d'être fou et d'être commun. »

C'est Roland Barthes qui se décrit ainsi dans les *Fragments d'un discours amoureux*. Quatre raisons pour fuir, tant qu'on le peut, la jalousie, non pour des questions de bienséance ou de morale convenue, mais pour se protéger de la souffrance, pour se sauver soi-même : on se perd dans la jalousie, on n'a rien à y gagner, ni par rapport à l'aimé qu'on exaspère, ni par rapport à la rivale qu'on magnifie, qu'on grandit par la haine qu'on lui porte, ni par rapport à soi, parce qu'on se perd, on s'égare dans la jalousie.

J'insiste sur la deuxième raison : la crainte de blesser l'autre. L'autre, c'est-à-dire l'aimé. La blessure qu'on lui inflige parce qu'on le soupçonne de tromper, parce qu'il trompe, les accusations, les cris, les larmes, le mépris créent une distance bientôt infranchissable pour les amants qui se perdront ainsi.

Ce n'est pas la tromperie qui aura tué l'amour, mais la jalousie. La rupture ne vient pas de celui qui trompe, mais de celle qui est trompée.

D'ailleurs, un des moyens les plus sûrs d'aboutir à la rupture totale est d'enquêter sur l'aimé. Les détectives privés existent toujours, pas seulement dans les séries télévisées. Leur clientèle principale : les jaloux et les jalouses.

Que demande-t-on au détective ? La vérité ? Mais non. On lui demande de nourrir sa jalousie. Tous les moyens sont bons. On veut voir, on veut être témoin de sa souffrance. On paye pour voir. C'est cher ? Mais non, jamais trop. Et quand on a vu ce qu'on voulait voir : une étreinte, un baiser, un geste amoureux entre l'aimé et l'autre femme, on est satisfaite. Satisfaite d'avoir vu ce qu'on n'aurait pas dû voir, ce qu'on a volé. Satisfaite autant d'avoir volé que d'avoir vu. Satisfaite de cette logique qui donne raison à sa jalousie. Satisfaite et misérable.

Double vie

Parfois, entre les amants et l'autre femme, se crée une drôle d'alliance, suffisamment stable pour durer longtemps. Quelques mois, parfois quelques années. L'amant devra faire preuve de constance et d'esprit tactique : les deux femmes ne pourront pas être comparées : elles n'auront pas le même âge, n'exerceront pas la même activité. Il serait bon aussi qu'elles n'habitent pas la même ville et que la profession de l'aimé lui permette de circuler d'une ville à l'autre (parfois d'un pays à l'autre ; mais si, ça arrive !).

Le danger le plus grand que court l'aimé est que des liens de complicité se tissent entre les deux femmes. Certes, elles finiront bien par apprendre leur existence réciproque, mais cela peut ne pas être un motif de rupture à condition que ni l'une ni l'autre ne sache exactement à quel moment il est avec l'une ou l'autre, ni à quel endroit, ni pourquoi. La jalousie se nourrit aisément de ces détails de circonstances de lieu, de temps et de manière. La connaissance qu'elles auront l'une de l'autre sera donc réelle, mais tue.

En général, c'est l'autre femme, celle qui arrive après, qui accepte en conscience de ne pas être la seule, l'unique, en tout cas pour un temps. Et parfois, ce temps s'éternise. Il arrive aussi que, même quand il s'installe dans la durée, l'amour change les rôles : la seconde devient la première et l'ardeur de la passion passe d'un couple à l'autre, de l'une à l'autre, de l'un à l'autre…

On peut être tantôt la première épouse, tantôt la maîtresse cachée. Les deux rôles sont difficiles à tenir, et périlleux. Les cris et les larmes les accompagnent souvent. Je parle d'expérience : j'ai tenu à différents moments de ma vie l'un et l'autre rôle. Il n'y en a pas un qui soit plus facile à vivre que l'autre, ni plus confortable, ni plus flatteur. Tous deux sont ponctués de chagrins et de drames. Mais enfin, on ne s'ennuie pas. Ces vies-là sont extrêmement riches à vivre, et parfois joyeuses.

*

Nuit d'amour avec l'aimé, matinée d'amour aussi, de la musique, le plateau du petit déjeuner renversé, et puis il s'est rendormi entre ses bras. Elle s'est levée doucement pour ne pas le réveiller. Elle erre silencieuse dans le couloir, la cuisine, le bureau. Elle écoute Mozart pianissimo. *Au loin, le bruit étouffé des voitures dans l'avenue. La maison est envahie peu à peu par l'odeur de sa peau, de sa présence endormie. Elle est heureuse de cette lente invasion. On sonne. Elle va ouvrir. Une femme menue est là, sanglée dans un imperméable beige. Ses cheveux blonds tombent sur son visage, lui donnent un air pitoyable de petit chat mouillé. Mozart exulte toujours au salon.*

« Je suis la femme de Renaud », dit la femme blonde.

Elle ne referme pas la porte. Elle l'ouvre, au contraire, en grand, précède la femme blonde dans le couloir jusqu'à la chambre où son aimé dort ; la femme entre, s'assoit sur le bord du lit dans la pénombre. Il a bondi hors du sommeil, le torse nu, il cligne des yeux, son cauchemar se réalise. Elle se retire, les laisse ensemble. Elle revient dans le salon. En bas, dans l'avenue, les humains marchent, conduisent, klaxonnent, courent... Elle est en suspens, tous ses sens tendus vers la chambre où ils se sont enfermés.

Elle coupe la musique. Elle entend des chuchotis, elle s'en veut de prêter l'oreille, elle ne comprend rien, la conversation dans la chambre dure longtemps et puis la porte d'entrée claque. Par la fenêtre, elle voit la petite silhouette fragile se fondre dans l'agitation de l'avenue. Elle la regarde marcher avec pitié, son aimé vient près d'elle. Lui aussi regarde la femme blonde s'éloigner. Elle lui demande pourquoi il ne la rejoint pas. Il ne répond pas. Il regarde toujours la silhouette menue qui s'éloigne. Elle aussi. Ils sont debout tout près l'un de l'autre, à se toucher. Ils ne se touchent pas, ne bougent pas. La silhouette menue a disparu depuis longtemps. Et puis, tout d'un coup, il n'est plus là. Elle entend la porte claquer. Il est en bas, dans la rue, il lève les yeux vers elle, il la regarde longtemps. Elle détourne la tête. Elle se tourne à nouveau vers la fenêtre quand il a disparu.

Elle se demande s'ils se sont retrouvés dans le train. Elle ne souffre pas. Elle se demande ce qui l'a poussée à ouvrir à cette femme, et pourquoi elle l'a conduite jusqu'à son mari, pourquoi elle a refermé la porte de sa chambre derrière eux. Elle se dit qu'elle a bien fait. L'odeur de son aimé flotte dans sa maison. Elle ne sait pas pourquoi elle ne souffre pas.

Pourquoi n'a-t-elle pas hurlé, crié, tempêté, claqué la porte, claqué la femme ? Pourquoi ? Parce qu'elle est la mauvaise, l'autre, celle qui vole les maris à leurs épouses ? Parce qu'elle n'accepte pas d'être la seule aimée, la seule qui compte ? Et pourquoi ? Pourquoi est-elle heureuse, à présent, à la pensée qu'ils se sont retrouvés dans le train qui les ramène à Lyon, dans la maison qui lui est interdite, à elle ? Et que vient faire dans toutes ces pensées hébétées ce drôle de sentiment de liberté ? Est-ce seulement à cause du courant d'air de la fenêtre entrouverte ? Est-ce qu'elle est folle ?

Elle n'a pas bougé depuis leur départ. Elle regarde toujours la rue. Il y a longtemps que leurs silhouettes se sont perdues. Elle ouvre la fenêtre en grand. Elle respire lentement, à pleins poumons. Le vent a chassé l'odeur de son aimé. Ne reste que le souffle chaud de la ville, puanteur des voitures et parfum d'une glycine accrochée à des grilles tout près, aussi incongrue que sa joie de femme libre. Elle sait qu'au moment où elle va bouger, cette joie bizarre va se briser et disparaître. Elle se précipitera sur son lit pour enfouir ses sanglots dans les plis du drap où flotte encore la présence bouleversante de celui qu'elle n'a voulu ni chasser, ni retenir.

L’enfer

L’enfer, ce n’est pas la trahison, ce n’est même pas la souffrance de la trahison. L’enfer, c’est quand il n’y a plus d’amour, plus de désir. L’enfer, ce n’est pas de ne plus être aimée, c’est de ne plus aimer.

Baudelaire ne dit pas autre chose dans le premier poème des *Fleurs du Mal*. Il y dénonce l’Ennui, « ce monstre délicat ». Là est l’enfer, dans ce monde où le désir a disparu, hypocrite lectrice, ma semblable, ma sœur.

*

Elle décide de s’éloigner quelque temps. Elle est privée de parole, les mots n’ont plus de sens, ne recouvrent plus rien. Son aimé lui a écrit :

« Ce n’est pas parce que je n’ai rien su faire de notre amour qu’il n’existe pas. Adieu peut-être. Mais là aussi, je le sais, un adieu ne change rien. Je t’embrasse. »

Elle relit la lettre plusieurs fois. Elle ne la comprend pas. Elle essaye de l'apprendre par cœur, elle n'y arrive pas. Elle ne peut pas répondre non plus. Elle ne sait plus ce que veulent dire « aimer », « amour », « aimant », le sens de ces mots lui est devenu étranger. Elle pourra revenir quand elle aura à nouveau compris, ou quand leur vacuité ne lui fera plus peur. Pour le moment, elle ne voit que ce vide du sens, ce vide des mots. Elle part. Elle va à Naples, à Pompéi. Elle va voir ces pierres, ces maisons, ces rues, résidu de ce qui devait disparaître lentement dans la lenteur et l'usure des siècles, et qui a été arrêté net, étouffé, tué par les cendres chaudes du Vésuve. Elle est dans cette stupeur de ce qui est saisi vivant et qui découvre qu'il meurt au moment où la mort l'attrape. Elle va voir cette stupeur.

SECONDE PARTIE

La joie

Prière

Je voudrais qu'on lise ces pages comme un livre d'heures, c'est-à-dire un recueil de dévotion. Dévotion à l'amour, à l'homme aimé. Les livres de prières ont cette utilité de raviver la foi et la joie qu'elle entraîne, je voudrais que ce livre soit l'objet qui ranime l'amour. Un livre humble, qu'on oublie dans un coin, qu'on retrouve quand on ne le cherchait pas, et qui est là, sous la main, qu'on ne range pas, qu'on ne classe pas, qui accompagne le quotidien.

À chaque moment de doute, à chaque bouffée de haine ou de ressentiment contre l'infidèle, lire le bonheur d'aimer, être ramenée au bonheur d'aimer. Faire feu de tout bois. L'amour est ce feu. Tout conduit à l'amour quand on aime, même la tromperie.

*

Elle marche tous les jours. À présent, elle fait du cimetière voisin sa promenade quotidienne. Il ne faut pas croire que les cimetières sont des lieux hantés par le désespoir. Le bruit et l'agitation des hommes sont tenus à l'écart. Ce sont des lieux de paix et de joie. Pas seulement la paix éternelle de ceux qui ont disparu, ni la joie du paradis pour ceux qui y croient. Ou peut-être si, peu importe, ce ne sont pas des endroits morbides. Les saisons que la ville ignore s'y déroulent au rythme des merles, des chats, des frênes et des tilleuls. Elle y promène sa mélancolie, invente les histoires de ces morts dont ne restent que les noms glorieux ou oubliés, les témoignages de ces amours éternels que la pluie et la mousse effacent peu à peu.

Il y a, tout près du moulin, la statue d'un homme nu qui pleure ; à ses côtés, une tombe encore entrouverte où gît une femme belle et jeune qui tend la main vers lui et s'accroche à la pierre qui va l'ensevelir. Dans sa promenade, elle pose souvent sa main sur la main de pierre de la femme. Le chagrin de l'homme nu est éternel. Elle est vivante et son amour aussi. Le chagrin passera, et la colère. Reviendra peut-être la joie d'aimer. Elle s'assoit sur un banc que le soleil a chauffé. Les nouvelles feuilles poussent leur vert tendre, le bouvreuil crie, trois corneilles traversent le ciel. Un rosier tout près croule sous ses fleurs. L'air embaume.

Patience

L'humiliation est source de joie amoureuse. C'est quand on est blessée et qu'on accepte de l'être que l'on aime le mieux.

Beaucoup de femmes trompées, la plupart peut-être, préféreront justement partir, quitter l'être aimé plutôt que d'accepter la tromperie… S'il n'y a plus d'amour, c'est une solution sage. Mais il est bien difficile de démêler dans l'exacerbation bruyante des sentiments si l'amour-propre, la vanité, la haine ne dissimulent pas l'amour. L'amour est secret et silencieux, il peut se cacher derrière des paroles de haine et de colère. Il faut parfois l'écoulement de longues journées de chagrin pour qu'il surgisse à nouveau.

Tout semble obscur, sombre, triste, sans goût, insupportable. Pas d'impatience. Toute gesticulation est inutile, toute résistance vaine. Elle ne ferait qu'accroître l'hostilité du présent. On ne peut qu'accepter d'être envahie et attendre.

On n'aura jamais attendu pour rien. Si l'amour s'en est allé, on aura gagné (même dans le chagrin) quelque temps de halte et de répit. Si l'amour revient, on comprend qu'il n'est jamais parti, et que les péripéties même l'ont fait renaître plus joyeux, plus libre, accompagné de la douce joie. Les péripéties de l'amour en détournent mais le nourrissent aussi.

La tromperie est un accident dans l'amour entre deux êtres, même quand elle se répète. On trébuche en amour comme on trébuche quand on marche. Il y a des chemins plus cahoteux, plus sinueux que d'autres, ce ne sont pas les moins difficiles ni les moins ravissants. On fait davantage attention à la manière dont on allonge le pas, aux endroits où on passe. Il en va de même en amour : la tromperie ramène les amants à l'attention mutuelle, quand bien même une autre femme serait en jeu, et peut-être grâce à elle, justement. Attention ravivée de celle qui est trompée, attention aussi de l'infidèle qui sait qu'il peut être trompé à son tour, ou, en tout cas, quitté.

Ovide l'écrit dans *L'Art d'aimer* : « Si bien éteints que soient nos feux, la jalousie les ranime. »

Espace du dedans

L'amour se mesure dans sa résistance aux épreuves. Être trompée est une épreuve au bout de laquelle se dessine la certitude de l'amour dans la douce joie.

C'est à partir de cette douleur que je tente de la dire. Tout a explosé, disparu : on est trompée. Le monde qu'on avait construit à deux n'est plus, la moitié d'âme s'est évanouie, ne reste que ce bout de soi, tronqué, dévasté, qu'on ne veut même pas reconstruire. Dans la défaite de l'amour, tous les territoires que l'amour avait conquis, la légèreté, le contentement, le rire, l'insouciance, s'évanouissent. Ils réapparaissent sous forme de grimaces ou de caricatures. On a honte d'être trahie, on a honte d'avoir aimé.

Il est temps de se réconcilier. Pas forcément avec l'aimé, pas tout de suite, mais d'abord avec soi. Le délire amoureux enivre ; on est à la fois au plus près de soi, et en même temps jeté hors de soi. La tromperie dessoûle.

L'infidélité de l'aimé ne tue pas l'euphorie de l'amour, ni l'amour même, elle le découvre, le met au jour, en pleine lumière, et peu importe ce qui adviendra, l'amour n'a jamais été aussi net, aussi précis, aussi vrai, dans un temps aussi bref, un espace aussi large.

« L'espace du dedans », « Lointains intérieurs », « La ralentie », Michaux chante ces endroits incertains où se tapit la singularité, le secret, le cœur du vivant. C'est dans ces lieux où l'amour surgit et ne meurt pas, où la douleur d'être trompée s'efface, que peut éclore, parfois, la douce joie.

On va lentement. On a été chassée de ce monde fermé où l'on contemplait l'autre comme un reflet de soi, miroir trompeur qui ne renvoie qu'au vide et à l'ennui. On découvre à présent cet espace du dedans où on est seule à se mouvoir, seule à être. Ce n'est pas un lieu clos, interdit aux autres. Au contraire, il est traversé, il n'y a plus d'obstacle aux nouvelles du monde, à l'opposé de celui d'avant où on était deux, seulement deux. La tromperie l'a détruit. Tant mieux.

On est trompée. Le monde s'ouvre. L'espace du dedans se crée tout le temps, les trésors s'y amassent et s'y dispersent. On aime, on est aimée, on est traversée. On est en danger, bien sûr, on prend le risque de la douce joie, elle est tout près, on ne la voit pas encore.

Colère encore

On croyait l'avoir chassée, elle revient d'un coup, brutale, obscène. On attendait la douce joie, on était calme, patiente, ce n'était qu'une pose. La colère affreuse, mesquine, revancharde revient. On la croyait éteinte, elle est encore plus virulente contre l'infidèle.

On se voit repoussée sur le bas-côté de la vie, hors champ, hors de l'histoire, hors de celle qui est en train d'advenir entre son aimé et une autre femme ; on n'est plus actrice mais spectatrice de ce qui se passe ; on n'est plus rien. C'est insupportable, invivable, intolérable, on étouffe, on ne sait plus si c'est de rage ou de manque d'amour. On crie, on pleure, on tempête, on réclame. Quoi ? De l'amour ? Sans doute, mais surtout, d'abord, de retrouver un rôle, son rôle, le rôle principal, celui de la femme aimée et aimante qui sait ce qui est bien pour son aimé et ce qui ne l'est pas, qui sait consoler, conseiller, aimer, choisir, décider. Ce pouvoir-là, nulle n'a le droit de le lui voler. La colère bouillonne, les gesticulations s'amplifient. Les cris, les larmes, les malédictions s'enchaînent... Pour rien.

Toute résistance est dérisoire. Il est bon d'être celle qui regarde, qui assiste à l'événement sans y participer directement. Bien sûr, on n'est pas stoïque : on n'évitera pas quelques nouveaux cris, voire quelques injures supplémentaires. C'est le jeu de l'amour qui le veut, ça n'a pas beaucoup d'importance.

Ce qui compte, c'est le silence où on se retrouve une fois la porte refermée, le silence de celle qui, justement, est exclue. Le silence de la solitude éteint la colère. On est abandonnée, on n'attend plus rien. Et cela dure pendant des jours, des semaines, des mois.

Le surgissement du désir, de l'amour, dans ces moments de perte, de déroute, est insensé, inconcevable, incroyable, mais c'est bien à ce moment-là qu'il se manifeste.

Ne pas chercher d'explication, ne pas avoir honte, ne pas avoir de dépit. Se laisser traverser par le désir pour l'aimé et en être bienheureuse.

Liberté

Aimer, c'est accepter de renoncer à sa liberté. Mais pour renoncer à sa liberté, on doit d'abord l'avoir gagnée. Pour aimer, il faut avoir été libre. Cela demande du temps et de l'expérience. Et sans doute, pour aimer bien et jouir d'aimer, il faut avoir expérimenté la liberté mais aussi la douleur, le désir, l'indifférence, l'abstinence, l'humiliation, la gloire, et, quelquefois, le plaisir du quotidien.

Alors, on sacrifie voluptueusement sa liberté à son amant.

Les femmes trompées qui vivent dans les pays où elles n'ont pas de droits n'ont rien à sacrifier dans la volupté : elles restent et elles se taisent. Elles subissent la tromperie, comme elles subissent la loi édictée par les hommes, qui les réduit au silence.

La douce joie d'être trompée peut être une joie de soumission à l'homme aimé, mais c'est toujours un asservissement volontaire.

Détours

On n'arrive pas d'emblée à la douce joie. Il faut passer les cercles de l'amour, tous les cercles, du plus flou au plus précis, et pour cela, aimer, beaucoup aimer, et ne pas craindre les confusions qui accompagnent l'amour : l'exaltation, le bonheur, les projets, mais aussi la jalousie, la peur, la colère, la souffrance… Et aussi la douce joie d'être trompée, la plus paradoxale des joies de l'amour. Elle naît du chagrin et de la trahison, mais aussi du désir et de la confiance.

L'amour fonde la joie d'être trompée, aussi bien que la douleur. D'abord l'amour, puis la douleur, et puis la joie. Non pas pour le goût bizarre et délicieux qu'inflige la douleur, mais pour l'amour qui se révèle alors, pas seulement dans la tête et le cœur, mais dans toutes les parties du corps, dans la chair, le sang, les organes, les os : dans cette partie presque indestructible du corps, les os, l'amour s'inscrit aussi ; ceux qui aiment le savent ; ils en sont parfois effrayés. L'amour peut terrifier même celle qui l'éprouve. C'est pourquoi il est tentant de le masquer avec des larmes et du chagrin. On se détourne, on a honte, la honte de l'amour.

Pour goûter la douce joie d'être trompée, il faut ne pas craindre la honte. Ma mère disait « *la verguenza* ». Dans sa bouche d'Espagnole, le mot sonnait comme une insulte. Je n'aurais pas écrit ce livre de son vivant. C'est d'elle, pourtant, que je tiens la certitude de la joie d'aimer, même dans le chagrin et la perte.

On croit qu'on est trompée parce qu'on n'est plus aimée, plus assez, plus vraiment, et le désir du trompeur plein d'appétit pour d'autres corps, d'autres âmes, ne manifesterait plus qu'une indifférence attristée ou mauvaise pour celle qu'il délaisse. L'amour, tel un fluide infime, passerait ainsi de l'une à l'autre, dépouillant la première pour donner à la suivante. Celles et ceux qui aiment et ont aimé savent qu'il n'en est rien.

Mais la douleur et les larmes de l'amoureuse bafouée masquent si bien l'amour et la joie qu'il faut vivre cette expérience plusieurs fois pour la comprendre. Heureusement pour celles qui la vivent, elle se répète, et celles qui sont trompées le sont souvent tout au long de leur vie quelles que soient les circonstances. Ce n'est pas une malédiction, c'est un apprentissage.

Chaque fois, pourtant, la brutalité des sensations traversées surprend et il faut avoir connu beaucoup de tromperies pour ne pas se laisser abuser par le chagrin qui les accompagne.

Je ne dis pas qu'à force d'être trompée, la douleur et la rage s'estompent. La douleur s'accroît même au fil des années. Mais la joie aussi.

Elle n'annihile pas la douleur qui la précède. Au contraire, l'une ne se renforce pas sans l'autre et on éprouve la même intensité dans la souffrance d'abord, la joie ensuite.

À quoi sert donc la répétition de ces tromperies ? Ne peut-on tirer profit de ces expériences ? Si, sans doute. On peut, par exemple, apprendre à cacher son chagrin. Cela évitera d'avoir à justifier la joie qu'on éprouve à sa suite. Le chagrin est toujours compris, toujours admis, la joie beaucoup moins. La joie scandalise. Elle sourd lentement, doucement, il est bon d'éviter les témoins. Ils pourraient la piétiner, la massacrer avant même qu'elle puisse s'épanouir.

Quelle bizarre sensation, en effet, que cette joie après la peine : « Vienne la nuit, sonne l'heure, chante Apollinaire, les jours s'en vont, je demeure. » Voilà. C'est un homme infidèle qui écrit ces vers. Un homme qui trompe et qui aime, et qui donc partage la peine et la joie de celle qu'il a trompée et qu'il trompera encore. Mais « les jours s'en vont, je demeure ». Chanson pour lui, pour elle, pour eux.

*

Depuis qu'elle se sait trompée, elle ne veut plus le voir. Elle a besoin d'être seule. Elle arpente les rues dès le matin très tôt avant que les passants n'y déambulent, à l'heure où les camions frigorifiques foncent sur les quais. Elle marche, elle ne va pas d'un endroit à l'autre, elle fait des tours : tour du pâté de maison, tour du cimetière, tour du jardin de la mairie. Elle ne s'éloigne jamais beaucoup, elle ne fuit pas, elle marche, les pensées s'arriment à elle, imprécises. Elle chasse celles qui lui nouent la gorge, bric-à-brac de ressentiments, de sanglots, de rancunes avant même qu'elles se précisent, elle cherche les bonnes pensées, celles qui lui font plaisir, elle les prend avant même de savoir ce qu'elles contiennent vraiment, elle sent le plaisir d'abord, et c'est toujours de l'amour pour l'aimé. Il faut qu'elle se concentre pour ne pas enterrer ce plaisir sous tout ce qu'échafaude, à toute allure et sans qu'elle puisse la retenir, son immense jalousie. Elle a mal à la gorge et au ventre avant même de les imaginer enlacés. Elle ralentit. Elle s'oblige à continuer, l'image dévastatrice s'éloigne, elle se concentre à nouveau sur le plaisir. Il y a longtemps, Catherine Leforestier chantait avec une drôle de voix fêlée, un peu folle, Au pays de ton corps. *Elle ne chante pas la chanson, mais c'est ça qu'elle fait, elle voyage au pays du corps de son aimé et elle veut bien croire qu'elle est un peu folle aussi de trouver tant de bonheur à s'y promener en rêve. Elle caresse le flanc lisse et doux, respire le duvet du torse, tète les petits mamelons, enfouit le nez sous les aisselles rousses, se frotte à la barbe naissante du menton, glisse vers le nombril, la queue droite, gonflée. Elle le voit au-dessus d'elle, le regard concentré sur son visage. Elle marche allègre. Elle se rappelle le sérieux de son visage quand il guette son plaisir, son sourire quand il s'abandonne à ses caresses. Elle pense qu'il est peut-être dans ce plaisir-là en ce moment et, au lieu que cette pensée la brise, elle la ragaillardit, et sa joie se nourrit de ce qui produisait sa rancune. Elle marche tous les jours longtemps et sa joie grandit chaque fois. La joie d'aimer cet homme-là, où qu'il soit, quoi qu'il fasse. Elle n'éprouve pas de douleur à l'imaginer loin d'elle, faisant avec une autre tous ces gestes d'amour qu'elle lui connaît. Elle s'émerveille au contraire de penser qu'en ce moment même, il est tendu de désir, gonflé de caresses. Elle est heureuse de sa puissance virile, de sa joie à aimer, à caresser un corps doux de femme. Elle est réjouie de lui, elle est avec lui.*

Preuve

Eh quoi ! À ce point de mon récit, on pourrait croire que hors de la tromperie, il n'y a point d'amour et qu'il faudrait donc tromper, ou plutôt être trompée, pour prouver qu'on aime. Ainsi l'amour véritable ne pourrait se porter que sur les hommes infidèles, et tout amour fidèle, constant, sincère, sans histoire, loyal, ne serait pas un amour vrai ?

J'ai presque envie de répondre oui. Non que je croie qu'accepter l'infidélité soit la seule preuve d'amour, mais parce que je crois que l'amour véritable est celui qui existe après qu'on a renoncé à chercher sa moitié d'âme, à être un pour deux.

L'épreuve de l'amour n'est pas de le chercher et de le garder quand on l'a trouvé, enfermé dans la prison de la perfection. C'est de le vivre, c'est d'y être. Parfois avec une autre femme. Une autre femme pour lui. Pour vous ?

Il court, il court…

Les paroles constituent l'amour. On croit donner son âme, son corps… Mais les corps ni les âmes ne se donnent, ils s'ouvrent et s'abandonnent parfois. L'amour, c'est des mots, peut-être seulement des mots. Des mots mis sur le désir, le désir qui ne s'éteint pas, se ranime sans cesse, revient encore, et il faut bien le nommer, l'appeler, c'est le seul moyen pour le comprendre, l'accepter, on l'appelle « amour ».

Le « a » débute le mot. On ouvre la bouche comme l'enfant qui cherche le sein, l'enfant avide, glouton, qui manque de lait, manque de nourriture, qui veut, qui veut encore et qui manque, qui manque toujours, et puis voilà « mour », syllabe longue, gourmande, repue, languide, mélancolique. Et les deux sont l'a-mour.

Et l'amour circule de l'un à l'autre et de l'une à l'autre. Le défi de la femme trompée, c'est de l'accepter ainsi. Il est comme le furet, l'amour, il court, il court, et on ne sait jamais qui le tient. C'est sans doute personne.

Celle que la trahison a blessée ne comprend pas ; tout lui échappe. Elle est au centre du cercle et le furet court toujours. Quand elle va le saisir, il est passé par ici, il repassera par là, mais il a disparu ; il reviendra, pourtant, il reviendra.

C'est quand elle aura accepté que tout lui a en effet échappé, et que tel le furet, le désir peut revenir et fuir à nouveau et revenir encore, c'est quand elle aura renoncé, qu'elle trouvera peut-être la douce joie d'être trompée. Et l'amour sera d'autant plus vif.

La femme trompée ne saura pas forcément tout, tout de suite, de cette autre histoire ; ça n'a pas d'importance. Ce qui compte, c'est que le désir à chaque passage se revigore. S'il ne circule pas, le désir meurt. Et tout vaut mieux que sa disparition.

Les hommes sont toujours étonnés de rencontrer des femmes. Les hommes s'émerveillent de désirer, de sentir leur sexe gonfler et se durcir pour les femmes et ils leur en sont reconnaissants. Ils s'étonnent que le désir passe ainsi de l'une à l'autre. L'aveu de la tromperie est souvent l'aveu du vertige du désir. C'est pourquoi ces aveux humilient celle qui les reçoit. C'est comme si elle n'était plus l'actrice du désir, mais seulement sa confidente.

(Dans le théâtre de Racine, les confidentes ne sont jamais les aimées, les amoureuses. Elles n'ont qu'un rôle, celui d'écouter, jamais celui d'aimer et d'être aimée. Dans le théâtre de l'amour et de la vie, il faut s'appliquer à tenir à la fois le rôle de la confidente et celui de bien-aimée.)

On n'est plus seulement deux, on est (au moins) trois. Tout est à jouer. Tout, c'est l'amour entre l'infidèle et sa compagne, entre lui et la nouvelle aimée.

Mais il s'agit bien de « jouer » au sens où l'entendent les acteurs et les sportifs, pour de vrai, là où le désir, où l'amour circule. Aucun acteur n'est exclu, les rôles se taillent sur mesure. Et pas question de feindre.

Ainsi, dans cette nouvelle distribution, à trois plutôt qu'à deux, naîtra peu à peu la douce joie d'être trompée. Elle exige un vrai courage, une profonde concentration, et mobilise toutes les forces. C'est un acte athlétique de haut niveau, une performance d'acteur hors du commun.

Amant, amour

La Rochefoucauld a écrit (je prends la citation à Camille Laurens) : « Dans les premières passions, les femmes aiment l'amant, et dans les autres, elles aiment l'amour. » Je suis d'accord pour la première partie de sa maxime (pour autant que je me souvienne), pas pour la seconde ; il aurait dû plutôt écrire : « dans les autres, elles aiment l'amant *et* l'amour ». Certes, on a appris à reconnaître l'amour pour ce qu'il est, c'est-à-dire indépendant de ceux et de celles qu'il traverse. Mais on découvre toujours l'amant pour ce qu'il est, c'est-à-dire celui qui surgit dans l'amour, celui où l'amour résonne, celui qui est l'amour. L'amant est unique.

Avec les années, on sait gré à l'amour de traverser la chair et l'âme, et à l'amant d'être le porteur d'amour. L'amour et l'homme sont distincts, et c'est pourquoi on a d'autant plus de gratitude envers le hasard (l'amour) et celui qui le provoque (l'amant).

Assurément, la distinction entre l'amour et l'amant ne réduit pas la gratitude que l'on voue à l'amant. Au contraire. Et cette gratitude est d'autant plus fondée que peu d'humains, contrairement à une idée répandue, connaissent le bonheur d'aimer.

Les jours s'en vont, je demeure

Je ne sais pas s'il y a des progrès en amour… Tantôt, je crois que oui, tantôt, je crois que non : il me semble que les années rendent plus vulnérable, plus fragile, plus généreuse quelquefois, plus égoïste à d'autres moments. On se remet plus lentement des chagrins de l'amour, mais on pardonne plus volontiers. La joie, elle, est moins fulgurante quand on vieillit, moins vive, peut-être aussi plus précieuse.

Colette, à qui on demandait dans sa vieillesse ce qu'elle pensait de la vie, répondit : « Ça m'a paru court. » À cinquante ans, on sait que c'est court : la vie, l'amour, la joie. Raison de plus pour tenter de vivre heureusement et légèrement. On peut alors renoncer aux condamnations hâtives, fuir le chagrin et débusquer la joie cachée derrière les larmes.

Je ne dis pas que l'expérience des années rend plus sagace et que la douce joie apparaît plus vite. Je ne dis pas qu'on s'habitue à être trompée. Certes non. Et la douleur d'abord est toujours aussi vive. On est même devenue plus vulnérable : chaque souffrance marque les traits et l'âme se remet mal de ces blessures.

(La jeunesse n'échappe pas à la souffrance et au désespoir, mais elle a l'énergie de repartir, d'affronter ce qui la ronge… Enfin, c'est ce qu'on imagine de sa propre jeunesse quand la chair et l'âme sont devenues moins denses…)

Parce qu'elle n'a plus ces armes-là, la maturité demande des détours, des louvoiements. Eh bien ! Puisqu'on ne peut pas éviter la souffrance, inutile de la montrer. On peut renoncer à ces manifestations ostentatoires. Il faut se méfier des larmes qui dévastent le visage. Les paupières gonflées sont attendrissantes à vingt ans, pitoyables à cinquante. Apparaître bouffie de chagrin ne ramènera pas l'aimé. Il se sentira peut-être plus coupable, mais il aura encore plus envie de fuir. Exhiber sa douleur, renoncer à son apparence, manifester son abandon, ne sont pas des armes pour retenir l'infidèle, ce sont des armes contre soi. (Peut-être même déjà à vingt ans, me semble-t-il me souvenir…)

La joie, au contraire, est une source de jouvence, même, surtout, celle d'être trompée. C'est d'abord une joie égoïste. Toutes les joies le sont. Et à cinquante ans, l'égoïsme peut être une vertu s'il éloigne le chagrin.

Pour arriver à la joie, il faut avoir traversé le désert stérile de la souffrance. C'est un exercice de patience auquel on se soumet plus aisément quand on vieillit.

Je reviens encore à ce chiffre de cinquante. En quoi a-t-il compté davantage que vingt, trente ou quarante ? Je crois que j'ai été moins trompée à cinquante ans qu'aux décennies précédentes. C'est pourtant à peu près à ce moment-là que j'ai admis la douce joie. Je ne dis pas que je ne l'avais pas éprouvée avant, non. Mais je ne voulais pas la reconnaître. La joie d'être trompée sonne d'abord comme une défaite. Il faut avoir renoncé à tout désir de victoire (sur qui ? sur quoi ?) pour l'éprouver.

C'est difficile et périlleux, la honte et les larmes sont toujours là, tout près. Mais il n'y a ni victoire, ni défaite. La joie n'est ni glorieuse, ni perdante, elle est la joie.

Alors, ne peut-on la percevoir, la goûter, qu'au fil des années et des expériences amoureuses ? Je ne sais pas. Peut-être certaines jeunes femmes savent-elles d'emblée que cette joie existe. Peut-être sauront-elles trouver dans ces pages quelques confirmations de ce que leur soif d'aimer leur laisse pressentir : il n'y a pas de limite à l'amour ; ni l'âge, ni l'infidélité n'en sont. « Un de perdu, dix de retrouvés », pourraient dire pourtant les plus jeunes et rejeter loin d'elles celui qui semble se moquer de leur amour. Les amoureuses ignorent cet axiome qui mélange l'amour d'un homme et la consommation de plusieurs. Combien de fois aime-t-on dans sa vie ? Une fois ? Deux ? Trois ? Qu'importe alors le nombre d'hommes que l'on met dans son lit. Qu'importe l'âge ! Les comptes de l'amour ne sont pas ceux de la séduction.

Les jeunes filles ont quand même cet avantage sur les femmes plus âgées qu'elles peuvent être trompées et tromper sans que l'équilibre de leur vie soit totalement rompu. Rien n'est installé ; on peut tout entière se consacrer à l'amour et non à ses conséquences. Foin d'un futur prévu, ritualisé, ennuyeux à périr ! On est encore à l'abri des projets procréatifs et immobiliers, on a donc toute liberté pour éprouver les tourments et les joies d'être trompée sans les pervertir de considérations financières, sociales et générationnelles.

J'ai vécu ainsi ma jeunesse. Je n'ai pas connu la douce joie pourtant. Mes larmes étaient le tribut que je croyais devoir payer à l'amour. Les remarques ironiques de mon amant sur la nature masochiste des femmes ne me consolaient pas, mais j'y trouvais un bizarre motif de satisfaction orgueilleuse.

Plus tard, j'ai débusqué la douce joie. Sans doute je me lassais des larmes, sans doute n'avaient-elles plus sur mon nouvel aimé l'effet qu'elles avaient eu sur d'autres, sans doute commençais-je à comprendre que les années étaient comptées. J'étais sortie de l'immortalité de la jeunesse, je n'avais plus le temps d'être triste.

Je cherchais dans les livres ce qu'était cette émotion heureuse qui apparaît dans ces moments de désarroi et de solitude où l'on apprend qu'on est trompée. J'allais voir chez Colette d'abord, parce que je l'ai toujours beaucoup lue, parce qu'elle aussi a été beaucoup trompée, parce qu'elle ne s'en est pas cachée, parce qu'elle a recherché et connu toutes les formes de jouissance. Mais pas la douce joie. Elle la réfute avec énergie et la rejette dans un passé qu'elle méprise. Quand même, elle possède l'intelligence sage de celles qui ont été trahies. Dans *La Seconde*, elle met en scène deux femmes et un homme. C'est une histoire à trois, bancale comme toutes les histoires à trois et qui doit se finir mal. La tromperie est révélée, le mari avoue, la maîtresse aussi, et normalement, le trio devrait se défaire à la fin de l'histoire. Eh bien, non. Certes, il y a des larmes, de la souffrance, mais l'organisation de la vie reste la même : l'amie continue d'habiter chez le couple, le mari repart à ses affaires, l'épouse rêve près du feu. Le silence, l'attente… Pas de paroles définitives, pas de mots chargés de haine, pas de vengeance promise et pas de projets pour le futur. Colette ne décrit ni résignation, ni indifférence, mais le choix pour ce qui fait le moins souffrir.

Je ne crois pas qu'elle ait pensé que la joie pouvait naître de ce maelström amoureux, mais peut-être d'une certaine nonchalance. Elle parle avec dédain de l'infidélité masculine dans *Le Pur et l'Impur* :

« Autour de certaines mansuétudes conjugales, on respire un air fade de fausse famille… » Bien sûr, le premier mari de Colette aimait bien organiser sa vie sexuelle et professionnelle en fausse famille… Mais après ? Ensuite ? Les autres ?

Elle est attentive à toute forme de joie, mais c'est hors de l'amour qu'elle la trouve : « C'est folie de croire que les périodes vides d'amour sont les blancs d'une existence de femme. (…) L'amour parti, vient une bonace qui ressuscite des amis, des passants, des sentiments normaux », écrit-elle dans *Bella-Vista*. Elle a alors cinquante ans. Elle le sait mieux que personne ; avec les années, les souffrances de l'amour sont de plus en plus difficiles à endurer.

Comme elle, j'ai cherché à reconnaître les mécanismes qui mettent en marche la suspicion, la jalousie, la colère. Mais je ne renonce pas à l'amour, à la joie de l'amour. Et les tromperies passent, et l'amour parfois résiste, et la joie apparaît là où on ne l'attend pas.

Sourdine

Quand on est trompée, il n'y a pas d'avancée régulière vers cette lumière que serait la douce joie. La douce joie s'aperçoit, se devine et advient d'elle-même. Quand le chagrin a tout envahi, quand il ne reste plus de forces pour la colère et le désir de vengeance, quand il n'y a plus personne à qui parler, se confier, quand l'aimé n'entend plus les reproches, les menaces, les suppliques, quand il n'y a plus rien que le silence et la solitude, quand les battements du cœur résonnent dans le crâne, alors quelque chose de joyeux sourd, petite musique discrète et lancinante. On respire. On s'est rapproché du centre, on se prend à sourire, on ne sait pas à quoi, peut-être au nuage qui s'encastre dans la fenêtre, peut-être au merle qui lance ses trilles dans la cour, peut-être au passant qui parle trop fort dans la rue, peut-être à rien. L'amour n'est pas un souvenir, l'amour est là. Et la douce joie l'accompagne. Joie d'aimer, joie d'être trompée aussi.

Cela ne veut pas dire qu'une fois la joie découverte, elle est conquise, et qu'on puisse y vivre à l'abri des passions dévastatrices et haineuses. Non. La douce joie ne se conquiert pas. Elle se mêle souvent aux plus sombres appels. Elle disparaît quand on s'y est installée et revient quand on est plongée dans le désespoir. On peut être tentée de la rejeter tant elle exige d'inertie et de solitude. Je ne parle pas de soumission. On n'est pas soumise à la joie d'être trompée, on y découvre au contraire le triomphe de la liberté.

Autre

Parce que l'aimé a trompé, on le découvre « autre ». Il n'est pas seulement l'autre, celui qu'on cherchait pour se compléter soi, il est « autre », cet autre dont parle Emmanuel Lévinas et qu'on ne peut réduire à soi, à la conscience qu'on a du monde, aussi vaste soit-elle.

La première blessure causée par l'infidèle, c'est qu'il apporte la preuve que l'amour n'est pas fusion. Contrairement à ce qui s'affirme depuis *Le Banquet* de Platon qui veut que l'amour soit deux moitiés d'âme qui se retrouvent, il n'y a pas un tout préexistant. On ne rencontre pas sa moitié d'âme ou son « âme sœur ». Nous sommes entiers. Nous sommes séparés. Nous sommes tout seuls. L'amour n'y change rien.

Et ce n'est pas triste ! C'est parce qu'on est deux qu'il y a amour. Nous ne sommes pas des paramécies, nous ne nous reproduisons pas par parthénogenèse, c'est-à-dire en nous coupant en deux… Il faut être deux pour se reproduire chez les mammifères, humains compris, et même si les progrès de la science arrivent à nous priver de cette nécessité un jour, il faudra toujours être deux pour aimer.

L'infidélité de l'aimé rappelle que la fusion en un seul être des deux amants est une idée romantique de l'amour, une idée fausse. Que l'aimé aime ailleurs le révèle absolument différent et irréductible à ce que son aimée pouvait concevoir, imaginer de lui. Sa tromperie découvre sa singularité et renvoie l'amoureuse trahie à la sienne. L'infidèle est un autre et moi aussi je suis une autre. Sa liberté reconquise dans sa tromperie, c'est à moi que je l'offre.

« Je est un autre », écrit Rimbaud. Voici de la solitude ! Et de la liberté ! Et de la joie ! La femme trompée, bafouée, victime malheureuse, créature abandonnée, dévastée par le chagrin, est aussi la femme libre, entière, vivante, vibrante. La joie est tout près.

Contes et légendes

Les grands amoureux dans la littérature, les contes populaires, les légendes, ne vivent pas vieux. Non parce qu'ils ont vécu dans les siècles éloignés mais parce que l'amour parfait est toujours contrarié par le destin : voyez Roméo et Juliette, Tristan et Yseult, Héloïse et Abélard, pensez à la châtelaine de Vergy… Seuls les contes de fées évitent aux princesses un destin dramatique. Elle et son prince « se marièrent et eurent beaucoup d'enfants ». Mais c'est comme mourir : il n'y a plus rien à voir, plus rien qui fasse pleurer ou rêver, les enfants peuvent naître. L'histoire est finie, et l'amour aussi sans doute, tant les péripéties de l'amour sont l'amour même.

Elles ne sont jamais faciles à vivre, ni joyeuses, même pour les princesses. Ce sont des épreuves qu'il faut réussir pour arriver à l'amour. Mais une fois les épreuves franchies et réussies, que reste-t-il de l'amour ?

Il faut alors d'autres épreuves qu'on ne trouve pas dans les contes de fées : la tromperie de l'aimé est de celles-là. Il faut vaincre pour que l'amour gagne. Pourquoi pas ?

Non, non

Vous ne voulez pas. Vous n'acceptez pas. Vous refusez. C'est quoi cette histoire de joie d'être trompée ? Ça n'existe pas ! Être trompée, c'est être humiliée, bafouée, c'est la preuve qu'il n'y a plus d'amour, qu'il n'y en a peut-être jamais eu, c'est juste la vérité de l'homme qui apparaît là, l'homme veule, menteur, tricheur, dont la morale se réduit à sa queue, à qui vous avez tout donné, tout offert, pour qui vous avez renoncé à tout ce que vous auriez fait sans lui, à qui vous avez tout sacrifié, votre jeunesse, votre carrière, vos rêves de voyages, d'artiste… *Verguenza !*

Tous ces discours de femme trompée se ressemblent terriblement ; même les notes sur lesquelles ils se déclament se rapprochent : aiguës et fortes… C'est dire s'ils ont peu de chance d'être entendus, compris. Ils sont usés, ils se répètent à vide comme un disque rayé, ils prennent des forces pour rien.

Personne n'écoute.

Tant pis. Vous ne voulez plus rien savoir que vos larmes, vos cris, votre seul désir est de vous venger, de faire souffrir autant que vous souffrez et plus encore si vous pouvez… et mourir ensuite, peu importe.

Revenons aux mots. Aux autres mots, à ceux que la colère et la vengeance n'utilisent pas. L'amour, c'est des mots. La tromperie de l'homme aimé, c'est le nœud, le cœur du passage. « Cœur » et « nœud » s'écrivent tous deux avec un « e » pris dans l'« o ». Eh bien, justement, l'orthographe le raconte : tout est pris l'un dans l'autre et comme le « o » et le « e », le passage de la douleur à la joie ne peut se faire que dans cet enroulement, cet embrassement, ce coït : la douleur et la joie sont prises successivement mais collées l'une à l'autre ; elles ne vont pas l'une sans l'autre. Et parfois, la douleur ressurgit quand la joie est déjà apparue et la joie efface à son tour le souvenir de la douleur. Il s'agit de bien choisir les mots, de refuser ceux que la rancune tient tout prêts.

Alors, même quand la douleur seule s'empare de tous les membres, de toutes les fibres du corps et de la tête, dans cette puissance de la douleur qui envahit la chair et l'âme, l'abandon auquel elle oblige ressemble à de la joie déjà. Oui, oui.

Faut-il qu'il m'en souvienne…

C'était une danseuse andalouse, vêtue d'une robe rouge à pois blancs ; elle se tenait bien droite dans la devanture d'une boutique devant laquelle on passait tous les jours ; maman me l'avait montrée un matin en allant à l'école ; avec mes économies, je l'achetais pour elle, sans mes sœurs, je la cachais dans l'armoire, je la regardais le soir, elle était belle, presque aussi belle que ma mère, mes sœurs étaient d'accord, mais c'était moi qui l'avais achetée, toute seule ; j'imaginais maman avec cette robe rouge, la frange noire, le peigne dans le chignon, les bras levés, les castagnettes épinglées dans la celluloïd, elle était belle, elle était pour elle ; le jour de la fête des Mères, elle ouvrit la boîte, défit le papier de soie, je lus sa déception sur son visage avant qu'elle ne parle. Elle eut quand même un sourire amusé, un regard distrait ; je ne me souviens plus de ce qu'offraient mes sœurs. Elle dit : « Mais pourquoi n'avez-vous pas fait un cadeau ensemble ? »

Je ne me rappelle pas si j'ai pleuré devant elle, je me souviens de mon chagrin, et puis d'elle, le soir, dans mon lit. Elle se penchait vers moi, elle caressait mes cheveux, sa voix douce murmurait des mots d'amour, ses beaux bras bruns m'enveloppaient et je m'enivrais de l'odeur chaude, un peu acide, de sa peau d'Espagnole.

*

La douce joie d'être trompée est une joie nostalgique. On croit qu'être trompée plonge dans une réalité nouvelle, inconnue, on croit que tout a basculé, et que c'est la première fois qu'on ressent une douleur aussi vive, aussi brutale. Fini le temps d'avant, quand on aimait et qu'on se croyait aimée. L'insouciance est perdue, ne reste que cet abandon tragique de l'amour ! Mais non, ce n'est pas nouveau. Ce chagrin, ce malheur, on ne le découvre pas, on le redécouvre. Et c'est une bonne nouvelle : l'amour se construit sur la perte de l'amour parfait.

On apprend ce qu'est l'amour maintenant qu'on croit l'avoir perdu. On mesure la perte de ce qu'on a connu. Cette disparition ne laisse que les contours de ce qui a été et qui n'est plus et qui ne se dessine devant soi que parce qu'on l'a perdu.

Ce qui est parfait, sans souffrance, est toujours perdu, date toujours d'« avant » : avant le péché, avant le malheur, avant l'imperfection des hommes et des femmes. On le sait depuis Adam et Ève. Même avant d'apprendre qu'on était trompée, la nostalgie d'un bonheur « d'avant » existait déjà. Mais l'annonce de la tromperie efface ces souvenirs insatisfaits. Réelle ou inventée, de toute façon, cette perfection de l'amour est rejetée dans le passé. Reste la tromperie de l'aimé et, pour peu qu'on délaisse la colère, la découverte de l'amour imparfait, de l'amour pour de vrai.

On ne voit ce qu'on a vécu qu'en faisant un pas de côté. La découverte de l'infidélité de l'aimé l'autorise. Je ne dis pas qu'il faille prendre du recul. Non. Prendre du recul, c'est sortir de l'amour, c'est juger, c'est condamner ou innocenter. Mais faire un pas de côté, c'est regarder l'amour dans ses gestes, ses rires, ses mots, ses goûts, ses larmes, ses étreintes. Parce qu'on peut enfin voir l'amour, on le découvre. Et les rêves de fusion, d'accord parfait, d'unisson, sont relégués dans le bric-à-brac d'un passé irréel.

C'est alors que naît la douce joie. C'est pour cela que la douce joie est une joie nostalgique. Elle naît de ce frôlement avec ce qui n'est plus, mais qui, peut-être, n'a jamais été et s'obstine pourtant : l'éblouissement de l'amour parfait.

Pénélope

Dans une de ses chansons, Barbara vante « la patience des femmes de marin ». Elles savent qu'un homme qui s'en va sur son bateau, part pour revenir. Ainsi certains amants qui partent pour rentrer toujours au port. Alors l'amante peut attendre celui qui reviendra. Pénélope ne doute pas du retour d'Ulysse.

Quand même, elle ne le reconnaît pas. Mais c'est aussi le charme dangereux de l'absence et de l'infidélité : quand on retrouve l'homme aimé, il est tout à la fois le même et différent, comme si les caresses d'autres femmes avaient non seulement changé la réalité de l'amour mais aussi le visage de l'aimé.

Parce qu'elle doute, elle déclare qu'elle partage avec Ulysse « un signe secret et sûr » qu'ils sont seuls à connaître. Puisqu'il affirme être Ulysse et que certains le croient, elle accepte qu'il dorme avec elle, mais elle demande qu'on y apporte son lit, le lit d'Ulysse, parce qu'elle veut bien partager sa chambre, mais pas sa couche puisqu'elle n'est pas sûre qu'il soit Ulysse. À ce moment-là, Ulysse entre dans une grande colère. Il dit :

« Quoi, apporter ici le lit ? Mais ce lit, on ne devrait pas pouvoir le déplacer !

– Pourquoi ?

– Parce que ce lit, c'est moi qui l'ai construit ; je ne l'ai pas dressé mobile, sur quatre pieds ; un de ses pieds, c'est un olivier enraciné dans la terre, c'est sur cet olivier, taillé et coupé, à partir de lui, intact dans le sol, que j'ai bâti cette couche. Elle ne peut pas bouger. »

À ces mots, raconte Jean-Pierre Vernant à qui j'ai emprunté le dialogue, Pénélope tombe dans ses bras :

« Tu es Ulysse. »

Pénélope connaît la joie des retrouvailles, il n'est pas dit qu'elle connaît celle – douce – d'être trompée (il y a eu pourtant Circé, Calypso, Nausicaa…). Mais que leur lit, leur couche, c'est-à-dire la représentation de leur amour, soit enraciné dans le sol, immuable, est le plus beau symbole de l'amour, l'expression, selon Vernant, « de sa vertu à elle et de son identité à lui ».

Peu m'importe la vertu de Pénélope, seules comptent sa joie et la pérennité de son amour pour Ulysse. Compte aussi l'identité d'Ulysse, qui a eu d'autres amours, mais aimant et fidèle. Oui, fidèle à Pénélope, parce qu'il est son époux. J'ai beaucoup médit sur le mariage, mais il est là comme le lien qui rattache Ulysse à sa mémoire, à son identité d'homme.

Peut-être ainsi pourrait être le mariage : le lien qui rend les humains, hommes et femmes, plus humains, plus soucieux de leur mémoire et de leur identité que d'une fausse éternité éprouvée dans l'ivresse de la conquête. Entre Ulysse et Pénélope, Vernant dit qu'il y a « l'homophrosuné », c'est-à-dire l'accord de pensée et de sentiment entre l'époux et l'épouse. On peut donc se réjouir de tout ce qui arrive à l'autre quand il y trouve de la joie, et se lamenter de ce qui lui fait peine.

L'histoire de Pénélope et d'Ulysse s'étale sur vingt ans, ils la vivent pourtant toujours au présent. Seul le caprice de la déesse Athéna vieillit ou rajeunit l'un ou l'autre. Eux, les amants, les aimés, sont toujours au présent.

Sonne l'heure

L'amour devrait être sans lendemain, sans espoir d'un futur commun, dans l'éternité du présent. Mais il faut une belle force d'âme (ou beaucoup de cynisme) pour ne conjuguer l'amour qu'à ce temps. Quelle femme aimante ne se souciera de savoir qui l'aimé va rejoindre au sortir de ses bras et qui il a aimé la veille avant de la retrouver ?

On dit d'un homme qu'il est un bon amant non pas pour la densité de l'amour qu'il offre à son aimée, mais pour ses capacités sexuelles. Et si c'était vrai ? Si les meilleurs amants, c'est-à-dire ceux qui aiment vraiment, étaient ceux qui réussissent l'entente parfaite des corps ? Si le véritable amour était d'abord le coït ? C'est-à-dire ce qui ne peut exister que dans l'instant, l'immanent. Au présent.

Ainsi, le meilleur amant pourrait ne l'être que pour une seule femme. Il ne serait pas celui qui posséderait la plus grande puissance sexuelle, mais celui qui vibrerait du plus grand amour dans l'étreinte avec son aimée.

*

Il ne manque jamais de lui rappeler qu'il n'est pas fidèle. Ce n'est pas une menace, c'est un fait dont il veut qu'elle soit bien persuadée. Il ne lui parle de ses tromperies ni quand ils se disputent, ni quand ils sont dans les délices de l'étreinte et qu'il lui chuchote à l'oreille des scénarios érotiques invraisemblables. Il le dit quand ils bavardent comme deux bons amis, sur un ton bonhomme et réjoui qui la sidère chaque fois. Et chaque fois, elle s'émerveille de sa liberté. Il dit que c'est ce qui peut lui arriver de mieux à elle, qu'il la trompe. Quand il le dit, elle le croit. Mais s'il disait le contraire, elle le croirait aussi. Ce qui compte, c'est l'allégresse qui accompagne ce qu'il dit. Et puis cette drôle de sensation qui lui laisse à penser qu'il fait ça pour elle : oui, voilà, c'est pour son bonheur à elle qu'il la trompe. C'est incroyable. Et dangereux. Pour lui, pour elle. Mais le funambule sur son fil aussi court un grand danger ; c'est ce danger qui donne sa valeur à son numéro : plus le fil est haut, plus le funambule risque sa vie, plus le numéro est beau et applaudi. Il est ce funambule. Il prend des risques, il met leur amour en danger. Elle pense même qu'il se force, qu'il n'aime pas la tromper. Au matin, elle repose la question. Le matin, c'est plus facile, tout est plus clair, plus net, et ces arguties lui semblent farfelues. Il y revient pourtant en cherchant ses chaussettes, et, toujours, la joie de la tromper transparaît dans ses aveux. Elle voudrait des détails : où, quand, comment elle est, quel âge elle a, elle fait quoi, il rit, il répond à côté, il ne dira rien. Il a trouvé ses chaussettes. Il est assis sur le rebord du lit. Il dit : « J'ai tant de mal à te tromper. » Elle lui demande de jurer qu'il sera fidèle. « Ça, jamais ! » Il rit devant la fenêtre ouverte, les rayons du soleil s'accrochent dans ses cheveux roux ; dans le ciel, les hirondelles crient, s'éloignent et reviennent. Leur ronde infernale est sans fin.

Virilité

Un homme qui trompe sa compagne ne se sent pas forcément plus heureux, mais quoi qu'il en soit, il se sent plus viril. Et donc, il l'est. Et si elle apprend qu'elle est trompée, qu'elle en éprouve du chagrin ou de la douce joie, de toute façon, elle aussi le trouvera plus viril.

Tout se passe comme s'il avait récupéré son sexe qui jusque-là était confié à une seule femme, ce qui leur avait fait croire à tous deux que c'était à elle seule qu'il appartenait finalement. Eh bien, non.

Figures

Don Juan ne confie son sexe à aucune femme, à aucun humain, pas même à Dieu. On ne peut qu'être trompée par Don Juan. Mais justement, c'est Don Juan qui plaît aux femmes. Les femmes succombent à Don Juan en pensant qu'elles seront la préférée et bientôt la seule. C'est un piège. Toutes les femmes séduites y tombent : on n'est jamais la préférée, on n'est jamais la seule et on ne le sera jamais quoi qu'on fasse (enfants, mariage, rupture, cadeaux, etc.).

Ce n'est pas forcément une raison suffisante pour refuser d'aimer Don Juan, mais enfin, il faut une force de caractère, une ténacité hors du commun (je ne dis pas abnégation, on n'est privée de rien...) et un vrai sens du partage...

Casanova est plus rigolo. Certes, lui aussi aime les femmes en nombre et à foison, mais pour ce qu'il en raconte, chacune semble compter séparément. Chacune est unique. La différence entre Casanova et Don Juan est sans doute leur différence de chair :

l'un n'a existé que dans la littérature (masculine) ou la musique, l'autre a été pour de bon emprisonné à Venise, a aimé des femmes et écrit ses *Mémoires*. Et pour le coup, libertinage et liberté s'accordent dans le même homme.

Il est acteur, beau, jeune, déjà presque célèbre. Cet homme infidèle est un ami des femmes. Il est marié, il a plusieurs maîtresses, et plusieurs amies de cœur qu'il tient à bonne distance, ni trop loin, ni trop près, dans une sorte de flirt permanent. Il aime plaire à toutes les femmes, quelles qu'elles soient. Je lui dis le sujet de mon livre. Le titre lui plaît.

Il parle d'emblée de l'infidélité, c'est-à-dire de lui, et se justifie aussitôt. Facile pour un homme qui ne plaît pas aux femmes d'être fidèle ! Mais lui ! Certes, il aime séduire, c'est son métier, non ? Et les femmes sont toutes après lui, oui, toutes, il ne dit pas ça pour se vanter, il sait bien qu'elles ne sont pas toutes amoureuses, mais voilà, il a déjà une réputation, à cause de quelques rôles où on le voit nu dans les bras d'une star, et les femmes aujourd'hui, c'est comme les hommes, elles ont un tableau de chasse, et en ce moment, il est de bon ton de l'avoir eu, lui, comme amant, il le sait, et il ne parle pas seulement des actrices !

Il accompagne sa démonstration de force gestes ; parfois il parle en imitant un présentateur célèbre, il retrouve ses tics de langage, ses moues, ses gestes, j'éclate de rire ; je vois bien que c'est ça qu'il aime par-dessus tout : faire rire les femmes. Plus que les aimer, les faire rire. Je me demande s'il a choisi d'être acteur pour leur plaire ou si c'est parce qu'il leur plaisait qu'il est devenu acteur. Acteur talentueux au jeu féminin, ironique, drôle, viril…

Il est intarissable sur les femmes (qu'il aime) et la fidélité (qu'il méprise). Il fait le portrait cruel de ces hommes pitoyables qui ne seront jamais infidèles, parce qu'ils ne peuvent pas l'être, parce qu'ils ne plaisent pas aux femmes, eux, parce que les femmes ne les regardent même pas. Il revient à l'infidèle, à lui : justement, il n'est pas infidèle ! Je m'étonne. La seule fidélité qui vaille, c'est celle qu'on doit à soi-même, évidemment, évidemment, et que peuvent y comprendre les soi-disant fidèles ? Que savent-ils vraiment de la fidélité ? De sa fidélité à lui ? De « ses » fidélités ? Et puis, qui commence entre un homme et une femme ? La femme qui vient vers l'homme ou l'homme qui va vers elle ?

Il insiste sur la fidélité que l'on se doit à soi-même, immense, exigeante et pourtant si discrète qu'on l'oublie la plupart du temps, à laquelle les autres ne comprennent rien et c'est tant mieux ! Cette fidélité-là lui convient. Qu'importe alors qu'on le croie inconstant, frivole ! « Si on apprend qu'un homme est allé dans une boîte échangiste, il est catalogué ! On ne parlera plus de lui que comme partouzeur ! C'est incroyable ! »

Parce que je n'aime pas cataloguer, je lui demande de me raconter ces boîtes. Son œil brille, il oublie sa tirade sur l'infidélité. Il raconte. Je crois qu'il va me dire qu'il y va avec l'une ou l'autre de ses jeunes maîtresses. Pas du tout, c'est avec sa femme qu'il s'y rend.

(C'est la première fois depuis le début de notre conversation qu'il parle d'elle. Il dit « ma femme » comme un bourgeois du siècle dernier. À ce moment de notre conversation, ce vocabulaire de propriétaire me plaît. J'écoute.)

Ce sont souvent des couples comme eux, unis depuis longtemps, qui s'y retrouvent. Là, dans des pièces sombres où flotte un parfum de menthe, ils s'unissent devant d'autres qui les regardent ou les imitent.

Il parle avec détachement et nonchalance. Il n'avoue rien, il charme toujours. Il s'est assis sur le rebord de la table, sa jambe se balance, il ne me regarde plus. « C'est doux, tu comprends, c'est doux. Tous ceux qui sont là sont attentifs les uns aux autres. On se voit à peine, la pièce est sombre, tout ça est anonyme et pourtant, enfin, c'est très civil. » Drôle de mot…

Je ne dis rien, je voudrais qu'il parle encore. Lui, non. Il s'ébroue. « Je n'y vais plus. J'aime regarder, mais sinon… » Et elle, sa femme, elle pense quoi ? Rien, rien, elle n'a même pas honte ! On dirait qu'elle ne garde aucun souvenir de ce qui se passe là ! Comme si cela n'avait pas d'importance ! Je l'agace à lui parler d'elle. Il va se taire, mais il raconte encore, malgré lui ; on dirait que ce qu'il a vécu là reste mystérieux même pour lui.

Il revient sur ces « bestiaires », comme il les appelle. Il insiste. Il n'y a pas de violence, est-ce que je peux comprendre ça ? Pas de violence, pas de cris, pas de rires, juste des souffles, lents ou rapides, qui s'accordent, se mêlent. On sent les corps tout autour, mais on ne les voit pas. On ne sait même pas d'où viennent ces mains, ces seins, ces bouches, ces plis de chair et de peau. On palpe, on caresse, on embrasse... La phrase reste en suspens. Certains mots ne s'échangent qu'entre amants. Le voici silencieux, un doigt sur les lèvres comme pour s'interdire de m'en dire davantage.

Il se tourne vers moi : « Ce sont les femmes qui décident, tu sais, toujours, même là. Faire plaisir, faire souffrir, c'est elles qui décident. Elles savent. » Il s'arrête d'un coup, me regarde avec suspicion : « Elles gardent toutes leurs chaussures, tu comprends ? » Il part d'un grand rire, une pirouette, un salut d'acteur, il est sorti.

Sex-toy

J'aimerais que ce livre ait le même effet physique qu'un livre érotique. Je voudrais qu'il fasse sourdre des humeurs, parce que c'est ainsi qu'on aime, et c'est ainsi que se manifeste aussi la joie d'être trompée : on donne, on coule, on s'ouvre. Celles qui se croient trahies parce que trompées, enferment leur chagrin dans la sécheresse d'un corps encombrant. Mais le corps se souvient de l'homme aimé à qui il manque. Le corps n'a pas de rancune, juste de la mémoire, et du manque. Le sex-toy entretient le manque et la disposition à l'amour, à l'homme aimé.

Les femmes trompées pensent qu'elles ont le choix entre ignorer leur corps ou le jeter au contact d'autres. Dans les deux cas, c'est lui faire violence. On n'oublie pas comme ça ; heureusement, la chair est plus forte, l'amour est plus fort ; ou alors ce n'est pas de l'amour. Pour l'amour, le sex-toy est utile : le corps ne s'endort pas, il n'est pas satisfait non plus, il est en manque, repu un instant et manquant vite à nouveau. Le manque marque l'amour, le souvenir charnel et indestructible du corps de l'amant. Il faut être prête pour le retour de l'homme aimé. Il faut être en manque.

La douce joie est une joie sexuée. Ainsi le fait d'être trompée ramène le coït au centre de la relation entre les aimés. C'est ce qu'indique d'emblée la tromperie : elle est toujours sexuelle.

L'activité sexuelle est au centre de la trahison, elle est aussi le centre du couple des aimés avant la trahison. Parfois, ce centre a été oublié, perdu, parce qu'on ne faisait plus l'amour, parce qu'on le faisait mal, parce qu'on le faisait vite, parce qu'on pensait à autre chose, à quelqu'un d'autre…

La trahison remet le sexe en jeu. Le sexe en jeu, c'est une jolie perspective : la douce joie viendra de là ; le sexe retrouve sa place dans l'amour, la place centrale.

(Cette place centrale du sexe, certaines épouses l'acceptent mais refusent de l'occuper. C'est pourquoi les maris trompent leurs femmes avec leur accord tacite et sans plus partager le plaisir ensemble. Le mari est seul à y employer son énergie avec d'autres. Elsa Triolet renonça ainsi à toute vie sexuelle à cinquante ans et s'en vantait. C'était sans doute pour embêter Aragon qui continua sans elle. Lui avait compris, à la façon des femmes trompées et des hommes infidèles, que la circulation du désir de l'un à l'autre, de l'une à l'autre, est la joie de l'amour.

Je suppose qu'il arrive aussi que ce soit le mari qui renonce à toute vie sexuelle tandis que la femme va chercher le plaisir avec d'autres. Est-il encore son aimé pour autant ? Et lui, connaît-il la douce joie qui défait les codes imposés du sexe et de l'amour ?)

Désir

Il ne faut pas croire que la pratique assidue du sexe entre les aimés les protège de la tromperie. Pas du tout. Il est même naturel d'être trompée quand on fait souvent l'amour : l'attention au désir, l'éveil permanent des sens poussent les aimés à essayer avec d'autres les joies du coït. Les femmes les mieux aimées sont souvent les plus trompées. La plupart le savent et l'acceptent mieux que d'autres. C'est ainsi qu'elles pressentent la douce joie.

Je lis dans le journal que 80 % des femmes ne connaissent pas l'épanouissement sexuel. S'il en va de même pour leur compagnon et que le désir s'éteint ainsi peu à peu entre eux mais aussi entre les autres et eux, il n'y aura pas de manque, pas de tentation, pas de tromperie, mais une vie qui ressemblera au bonheur, à l'ennui, à l'enfer… Et comment savoir si, débarrassés de la nécessité du plaisir, « ce bourreau sans merci » comme le nomme Baudelaire, les humains sont plus malheureux ?

Plaisir

J'entends par « plaisir » ce qu'on met dans ce mot de plus trivial, de plus banal, de plus beau : le plaisir de la chair. Et certes, il mérite qu'on le traite avec beaucoup d'attention tant sa disparition dans la vie d'un couple se passe de façon si discrète, si peu dramatique, qu'on ne se désolera de sa perte que longtemps après.

Il est vrai qu'on se lasse, que l'ennui s'installe au fil des années, un ennui parfois bien doux et voluptueux quand même, mais enfin sans l'exigence du plaisir. Je devrais dire du désir. Car voilà bien le souci : désir et plaisir succèdent l'un à l'autre dans un temps et un rythme fort différents. Le désir veut, ordonne, conduit ; le plaisir s'étale, s'attarde, se répand. Le désir trop promptement satisfait s'étiole peu à peu. Le désir a besoin d'incertitude, d'obstacle pour se renforcer. Le plaisir a besoin de confiance, de temps, de confort pour s'épanouir. Laissons le désir de l'amant se réveiller auprès d'une autre. L'accomplissement du plaisir ne disparaît pas pour autant avec son aimée. Mystère de l'amour ? Sans doute. Et il ne faut pas le craindre.

Si l'aimé, à force de constance, a oublié l'avidité insatiable du plaisir féminin, il le redécouvre dans de nouveaux bras, et ainsi considérera celle qu'il trompe dans cette nouvelle représentation de la chair féminine.

Certaines femmes avouent avoir découvert de nouvelles caresses prodiguées par leur amant qui avaient ranimé leurs sens avant même de comprendre qu'il les tenait d'une autre femme, pas forcément plus experte dans les choses de l'amour, mais nouvelle. Nouvelles aussi étaient les caresses qu'elle prodiguait et qu'elle recevait, et l'homme aimé passant de l'une à l'autre s'essayait à les satisfaire toutes les deux par ce qu'elles connaissaient différemment de l'amour.

Amie

La connivence, l'entente des amants, peut se manifester même là où elle devrait manquer, dans la tromperie, la trahison. Pour autant, l'amitié ne remplacera pas l'amour. Certes, on peut être l'amie de l'homme aimé, mais dans l'amour et jamais à sa place. L'amitié dans l'amour conduit parfois l'infidèle aux confidences érotiques. Ces confidences sont des hommages, des cadeaux. Il ne faut surtout pas les rechercher mais les accueillir avec attention. Elles nourrissent alors la douce joie.

L'autre

Il faut qu'elle soit belle. Pas forcément très belle, mais belle. C'est l'amour-propre qui le commande. Mais pas seulement. C'est aussi l'estime de l'aimé qui est en cause et donc le désir qu'on lui porte. Le désir oublié, l'autre femme le fait ressurgir. Tout d'un coup, on voit l'aimé à travers le désir qu'elle a pour lui. L'aimé est ainsi objet d'amour d'au moins deux femmes, situation inconfortable mais enviable, que ne détestent pas les hommes infidèles ni ceux qui rêvent de l'être. La violence de la haine, dans un premier temps, risque d'être grande, mais le désir pour l'aimé pourra s'embraser peu après.

Savoir qu'on est délaissée pour moins bien que soi porte au mépris. Mépris pour la nouvelle, mépris pour l'amant, mépris pour soi. Le mépris envahit tout, et le désir, l'amour disparaît. Une belle rivale provoque la haine, mais maintient le désir. Le reste n'a pas d'importance.

Marguerite Duras l'écrit dans *Le Ravissement de Lol V. Stein*. L'amour y tient toute la place, l'amour vécu au présent, au passé, dans les rêves, les blessures, la folie. On ne trompe pas, on ment dans *Lol V. Stein*, on se ment autant à soi-même qu'à l'aimé, aimée, amant, amante. Mais l'amour circule, ne s'arrête pas, s'échappe, dans l'écriture, le rythme, le choix des mots, l'histoire, les personnages. Lol l'arrête parfois, le suspend, apnée de l'instant entre une chambre d'hôtel et un champ de seigle.

La rivale est belle et désirable, rivale de celui qui trahit et de celle qu'on abandonne. C'est elle qui s'abandonne, et de sa rivale elle veut la chair et la jouissance autant que les gestes d'amour de son amant.

Drôle d'histoire qui raconte le secret de l'amour et comme il se diffuse dans le ballet des corps et du temps.

L'aimer

La seule issue dans le labyrinthe de l'amour, c'est d'aimer. Il n'y aura ni victime, ni prédateur. Aimer toujours est la seule voie. Quelles que soient les circonstances. Même dans l'infidélité, même grâce à elle.

Il peut y avoir une fidélité totale et pas d'attention au désir, à l'amour : voilà le crime. Je lis dans le courrier du cœur : « Après quarante ans de mariage, mon mari et moi formons un couple sans histoires. (…) J'ai découvert des détails qui me donnent des soupçons mais je ne lui en ai pas parlé. Je pleure en cachette, je ne dors plus, je maigris. Que dois-je faire ? »

Rien, il n'y a rien à faire, si ce n'est aimer encore, toujours, parce que l'amour, avec ou sans tromperie, c'est toujours une histoire, même quand elle ne se voit pas. Et si vraiment il n'y avait pas d'histoire du tout, alors c'est qu'il n'y avait pas d'amour non plus et on peut se séparer sans regret. On ne perdra que des habitudes, et peut-être une situation sociale, mais ce n'est plus la même histoire. Ce n'est plus une histoire d'amour.

Silence

En amour, il est toujours bon de s'en remettre à son intuition. On sent les choses avant de les connaître, avant de les formuler. S'en remettre à son intuition ne veut pas dire laisser libre cours à la jalousie terrible qui transforme tout ce qui est en tout ce qu'on n'a pas, prête à tuer pour arrêter le mouvement de la vie.

C'est, au contraire, sortir du concert tonitruant, du fatras bruyant qu'on lit, qu'on entend partout sur l'amour. C'est s'en remettre silencieusement à soi. Vaillamment. Forcément vaillamment.

Sortir du cortège de ceux qui réclament l'amour à cor (à corps) et à cris demande du courage. Le tout petit enfant qui réclame son lait en hurlant donne en échange sa fragilité d'être tout neuf; les humains grandis, sortis de l'enfance, qui réclament l'amour comme les bébés leur lait, ne donnent rien, exigent tout et retournent leur force d'adultes, leur désir, leur intelligence d'adultes contre eux-mêmes.

S'en remettre à son intuition, c'est faire taire le vieux bébé gesticulant, c'est faire silence. Il faut une attention inusitée pour écouter la voix ténue. Elle ne cherche même pas à se faire entendre, mais juste à émettre ; elle dit la joie, la joie de l'amour. Ne pas essayer de comprendre d'où vient cette voix. Juste faire silence pour lui laisser tout l'espace.

Liberté, etc.

La liberté de l'autre en amour doit être totale. Pour qu'elle le soit, elle ne doit pas seulement être dite et acceptée par celle qui aime, mais elle doit aussi se manifester par des actes. Il n'y a pas nécessité à tromper pour le prouver, la nécessité ne se situant pas de ce côté-là de l'amour, la liberté à respecter n'est pas la sienne, mais celle de l'autre… Et donc, il n'y a pas nécessité à tromper, mais nécessité à éprouver la joie d'être trompée.

Gloria

Ton amant ne te dit pas qu'il t'aime. Mais tu sais mieux que lui. Oui, c'est bien cela que révèle d'abord la tromperie : la connaissance de l'amour. Bien sûr, la souffrance surgit aussitôt et brouille cette connaissance. Elle use toutes les forces de la chair et de l'âme ; elle rend aveugle, sourd, indifférent à tout ce qui n'est pas elle. Comme il est bon de s'y enfermer !

Les grandes amoureuses, Phèdre, Mademoiselle de Lespinasse, la Religieuse portugaise ont trouvé une sorte de salut dans la douleur, la souffrance, les larmes. La pente doloriste est facile à suivre. Elle t'entraîne. Tu résistes. Tu ne veux pas. Tu ne luttes pas, pourtant, tu es passive, tu attends que ça souffre moins en toi.

Tu sais que la seule personne qui puisse comprendre l'ivresse de la tromperie, cette superbe que tu manifestes devant la trahison et en même temps cet enivrement d'amour, il n'y a que lui, ton amant, qui puisse l'entendre, la goûter et t'en aimer encore davantage.

L'aimé

Je n'ai pas encore dit ce qu'était la douce joie. Je tourne autour, je m'en approche, les cercles se rapprochent, se relient. Dans ce labyrinthe, le fil d'Ariane, c'est lui, c'est mon aimé.

Tout y ramène. Et c'est ainsi que la douce joie va apparaître. Il est encore trop tôt, elle est là pourtant, tout près. Mais il faudra encore des détours, des impasses, des reflets trompeurs, des murs infranchissables, des chants mortifères de sirènes…

Pour tenir jusqu'à la joie, il y a l'aimé, l'évocation de l'aimé. Alors, pour un temps, le nœud dans la gorge se desserre, le corps ne fait plus mal, les jambes, les bras, le cou se décrispent, le sommeil n'est plus le seul bonheur recherché, le temps s'écoule sans qu'on y prenne garde, la peur s'éloigne. Pour un temps.

Si l'évocation du corps de l'aimé, de sa voix, de ses gestes est toujours précise, vivante, si le cœur bat plus vite, si les larmes qui coulent ne sont plus le signe du seul chagrin, la douce joie viendra. Il ne faut surtout pas se hâter. Mais se laisser happer par des évocations tendres et quotidiennes qui ne réclament que patience et passivité ; elles arment contre le désamour. Et si un jour l'émotion manque à ce doux rappel, il n'y aura plus ni joie ni peine à être trompée, juste l'indifférence de celle qui n'aime plus.

Innocents amants

On se fait confiance. On ne doute pas de l'amour. Ni de celui qu'on éprouve, ni de celui de l'amant. Quoi qu'il arrive, quelles que soient les circonstances, les apparences, on ne doute pas qu'on aime et qu'on est aimée. Non pas que l'amour soit au-dessus de l'inconstance de l'aimé mais il s'en nourrit. Il n'y a là nulle perversité ; l'infidélité de l'amant marque l'écart entre deux êtres singuliers. Et toujours l'amour est ce mouvement même qui veut combler la distance, la différence de l'un à l'autre. On peut se lasser de ce désir de comblement, car tel le rocher que Sisyphe hisse en haut de sa montagne et qui éternellement retombe, la séparation entre les deux amants éternellement demeure. Il arrive que l'inconstance de l'aimé transforme cet écart en abîme infranchissable, et c'est la fin de l'amour. Il arrive que non.

L'aimée sait que l'amour de son amant se nourrit d'autres désirs féminins que le sien. Elle l'a admis. Cependant, elle gardera toujours en elle cette espèce de naïveté qui lui fait croire qu'elle reste la préférée quelles que soient les circonstances.

Cette naïveté, ce n'est pas de l'aveuglement, ou de la bêtise, ou un déni. C'est une innocence. Ce n'est pas un acte de foi en son aimé, c'est un principe d'amour. C'est pourquoi l'amant inconstant mais aimant devra veiller sur cette innocence, non pas pour se jouer de sa bien-aimée, mais au contraire pour protéger leur amour réciproque.

Je sais bien que je marche sur la frontière ténue qui sépare chagrin et amour, foi et indifférence, malheur et bonheur ; on peut à tout instant glisser dans l'un ou l'autre. Quand on tombe en amour, on croit qu'on est tombé du bon côté, du côté du bonheur, de l'amour simple et facile. On croit même posséder une vérité unique, inconnue du reste des humains, un philtre qui toujours protégera l'amour ; mais parce qu'on n'est pas fou, et qu'on est inquiet, inquiet que ça dure, qu'amour rime avec toujours, on cherche, on cherche chez les autres qui aiment, et chez ceux qui n'aiment pas, qui trahissent, qui ne sont pas fidèles et qui quand même parlent d'amour, on cherche l'absolu de l'amour. On rêve de le trouver et en même temps on n'en veut pas. On ne veut pas qu'il existe ailleurs. On veut être seul à aimer, l'amour n'existait pas avant toi, avant moi, l'amour s'invente avec toi, avec moi, les autres ne savent pas ; ils croient qu'ils savent, mais non, ce n'est pas ça, c'est nous, ce n'est que nous, il n'y a que nous qui savons, qui aimons, qui nous aimons ; mais quand même, est-ce que ça existe l'amour-toujours, du début à la mort, mais une mort loin, loin, pas la mort des amants qui s'aiment et meurent juste après, non, mais la mort du bout de la vie, là-bas, tout au bout, au bout, et est-ce qu'on aura su s'aimer tout ce temps dis, mon amour, et est-ce que tu auras été aimant tout ce temps, est-ce que tu m'aimeras tout ce temps, et après, quand on sera mort, est-ce que tu m'aimeras encore, et je mourrai avant toi, d'accord, je mourrai dans tes bras, comme ça j'aurai moins peur, mais non, c'est toi qui mourras d'abord, moi, je serai là pour toi, toi seul, je te tiendrai la main. Mais non, non, je ne veux pas que tu meures, je veux qu'on s'aime toujours, et qu'on soit fidèle, en tout cas, moi, et toi ? Tu seras fidèle, toi ? Tu ne t'ennuieras pas toute ta vie avec moi ? Tu m'aimeras toujours, dis ?

Illusion

Quand bien même la douce joie d'être trompée ne serait qu'illusion, elle serait bonne puisque c'est la joie. Certains n'avancent-ils pas que l'amour même n'est qu'une illusion ? Qu'importe cette définition de l'amour pour ceux qui aiment ! Qu'importe donc qu'on mette au débit de la joie d'être trompée l'illusion ou la folie ! On n'a de comptes à rendre qu'à soi-même sur ces sujets, et surtout pas à ceux et à celles qui jugent au nom de la bienséance ou de la raison.

L'illusion peut-être. Mais comme le dit joliment Madame du Châtelet : « Elle se mêle à tous les plaisirs de notre vie, et elle en est le vernis. » Elle est donc indispensable au bonheur des humains. Elle ne falsifie pas, elle présente ce qui nous arrive en « l'accommodant à notre nature ». Cela ne signifie pas que nous soyons nos propres dupes, mais c'est comme au cinéma : on pleure, on frémit, on rit, on se réjouit. On sait bien que tout cela n'est pas « pour de vrai », mais les émotions qui naissent sont, elles, bien réelles. On connaît tous la honte d'avoir les yeux mouillés quand les lumières se rallument dans la salle. Eh bien, si la joie d'être trompée n'est qu'une illusion, soit ! Pas plus que la douleur de l'être ou l'indifférence… Je dis que quelles que soient les circonstances, ou les illusions, la joie est toujours préférable.

L'autre versant de l'illusion est de croire que ce que l'aimé vit avec une autre femme est semblable à ce qu'il vit avec celle qu'il trompe. Comme si les amantes étaient interchangeables dans les bras du même amant. Comme si cet homme-là faisait des femmes qu'il a séduites une maîtresse unique dont ne varierait que l'apparence : couleur des cheveux et du teint, âge, poids, taille, ethnie.

(Il est vrai que certains hommes, par peur ou par fétichisme, choisissent toujours le même type de femme ; mais ceux-là, plutôt que d'être l'amant de plusieurs femmes en même temps, préfèrent les prendre successivement selon que le cours de leur vie leur aura fait perdre celle-ci et gagner celle-là. Ces hommes sont rarement infidèles.)

Il ne faut pas croire que les gestes, les rituels, les pensées de l'homme infidèle sont toujours les mêmes avec toutes les femmes. Le mieux d'ailleurs pour celle qui est trompée est de ne rien supposer du tout. Ces idées-là ne peuvent que faire souffrir. Et elles seront en général fausses.

Mais enfin, comme je sais qu'il est difficile d'échapper à ce tourment qui consiste à imaginer l'aimé dans les bras d'une autre, je veux ici raconter le témoignage d'un homme fort épris de sa compagne et qui ne lui était pas fidèle. Elle s'en accommodait comme elle pouvait, entre rire et chagrin, ruptures et promesses, jusqu'à ce qu'il ait l'idée qui peut paraître perverse, mais tout simplement ingénieuse, de la convier à un de ses rendez-vous dans un petit hôtel de la rue des Moulins. Là, elle assista à une scène d'amour dont il ne tenait qu'à elle qu'elle n'en fût pas exclue. Elle put ainsi mesurer la joie de cet homme d'aimer devant elle une autre femme : sa tendresse, son désir allait de l'une à l'autre harmonieusement et sans qu'aucune des deux amantes ne se sente rejetée ou comparée. Son bonheur était tel que désormais, elle ne considéra plus qu'il la trompait, non qu'elle assistât chaque fois à ses autres rencontres amoureuses (elle fut assez sage pour y renoncer), mais parce qu'elle ne s'en sentait jamais évincée.

Devenue une très vieille dame, elle me racontait cette histoire avec émerveillement ; elle y revenait souvent ; on aurait dit qu'elle gardait là le souvenir le plus précieux et le plus gai de son amour. Elle se moquait de paraître impudique, sotte ou gâteuse.

Elle ne se souciait plus de ce que les autres pensaient d'elle. Elle n'était préoccupée que de raviver le souvenir de ces moments secrets pour retrouver encore le visage de son amant, resplendissant de vigueur et d'immortalité joyeuse.

Reniement

On trompe à toute heure, on trahit en permanence. On se trahit soi-même ! Pierre a trahi trois fois le Christ « avant le coucher du soleil ». Nous passons notre temps à renier ce que nous prétendons aimer : par peur, par paresse, par souci d'apaisement, par lâcheté, par gentillesse… Mais la trahison n'est pas le contraire de la fidélité. Nous trahissons et nous sommes fidèles en même temps.

La femme aimée et trompée le sait, qui vit dans ce double jeu imposé par son amant. Elle est aimée et trahie tout à la fois par la même personne. Et la perception qu'elle a du rôle central qu'elle joue dans l'inconstance de son aimé lui donne une tranquillité, une allégresse même qui n'appartient qu'à ceux et celles qui sont en amour.

Une allégresse qu'elle perd chaque fois que sa naïveté lui a fait croire, comme il le lui avait dit, qu'un rendez-vous d'amour était un rendez-vous d'affaires, une escapade amoureuse un week-end de travail, une nouvelle maîtresse une collaboratrice… Peu importe. Elle finit par s'enchanter de sa naïveté autant que de la rouerie de son aimé.

Mais c’est quoi, cet immense orgueil d’être trompée ?

Intelligence

Outre la naïveté de l'une et la rouerie de l'autre (les rôles peuvent s'échanger), il faut une autre qualité aux amants pour que l'infidélité de l'aimé n'engendre pas le chagrin et la colère. Il faut l'intelligence. Je ne parle pas là seulement de la faculté de comprendre, mais de la connivence qu'elle induit : il faut que les amants soient d'intelligence, même, surtout, quand l'amant est infidèle. C'est ainsi que Pénélope et Ulysse se retrouvent : dans la même interprétation du monde. Je ne veux pas dire qu'il faut forcément tout se dire, tout avouer. (Ulysse ne rentre pas à Ithaque pour avouer, se confesser, mais pour aimer, être aimé et retrouver sa place d'époux.) Selon les tempéraments et les circonstances, on peut choisir le silence ou la parole, l'aveu ou le mensonge. Mais quelle que soit la manière choisie, non pas au-delà de tout, mais à côté de tout, la compréhension du monde et des relations entre les êtres unit les aimés. L'amour les place « à côté » des autres. Il y a entre les amants d'intelligence, un pacte des corps que rien ne peut briser, pas même un autre corps.

Cet autre corps rend l'équilibre plus fragile, cependant ; et la présence d'une autre femme ne durera qu'autant que les trois acteurs l'acceptent totalement, consciemment ou non.

C'est un exercice périlleux qui demande à chacun beaucoup d'amour et de caractère, ainsi qu'un goût fervent pour la liberté et la solitude. Peu d'hommes et de femmes possèdent cette élégante ténacité et c'est pourquoi ces trios se font et se défont sans cesse.

Abandonnée

Il est si difficile de continuer à accepter l'amour quand on se sait trompée, si difficile de sentir la joie de l'être. On a besoin de modèles, d'exemples. La douleur est toujours si proche de la joie qu'on peut basculer si on n'y prend garde.

Dominique Aury est un modèle. On la connaît aujourd'hui sous ce nom. Ce n'est pas son nom. Dominique Aury est un pseudonyme qui cache Pauline Réage, autre pseudonyme pour l'auteur d'*Histoire d'O*. Dans sa belle biographie, Angie David raconte que Dominique a été beaucoup trompée par les hommes qu'elle a aimés. Il ne semble pas qu'elle en ait souffert, à moins qu'elle n'ait aimé sa souffrance, comme le suggère *Histoire d'O*, ou qu'elle n'ait aimé ses rivales. En tout cas, elle n'a jamais cherché à apparaître comme « la femme de », à être l'épouse d'un couple, la moitié d'un homme. Elle est entièrement Dominique, ou Anne, ou Pauline, et toujours cachée, derrière des pseudonymes, derrière des hommes, des femmes. Et c'est parce qu'elle est cachée (et donc trompée puisqu'elle n'est jamais la seule femme d'un homme) qu'elle est libre.

Il y a pourtant un point d'une extrême fragilité chez Dominique Aury, c'est la peur d'être abandonnée. Elle le raconte à Régine Desforges. Elle dit : « Je ne sais pas si vous vous rappelez, à un moment donné, je crois que c'est Ondine, lorsqu'elle comprend que le chevalier ne l'aime plus, elle dit : "L'herbe est devenue noire." Eh bien, c'est cela. Quand on aime quelqu'un et qu'on croit, qu'on craint qu'il ne vous aime plus, l'herbe devient noire. »

Mais ce n'est pas vrai que l'aimé ne vous aime plus. Ce n'est pas vrai que l'herbe devient noire. Les amants aiment et sont aimés. Ce n'est pas un des deux amants qui n'aime plus, c'est l'amour qui quitte les amants. Celui qui le dit, celui qui dit qu'il n'aime plus est le plus perspicace, peut-être même le plus aimant. L'amour n'appartient à aucun homme, à aucune femme. Je n'ai jamais vu un homme ou une femme ne plus aimer, certains étaient devenus sans amour, mais il n'y avait aucune volonté, aucune décision à ne plus aimer ; l'amour les avait quittés, voilà. Et je crois que quand l'amour quitte un des deux amants, il quitte aussi l'autre. On n'est jamais seul à aimer, on n'est jamais seul à ne plus aimer. On ne quitte pas, on est quitté ; on n'est pas abandonné par son amant, son amante, on est abandonné par l'amour.

La peur d'être abandonnée pour Dominique, c'est aussi la peur de s'abandonner. Dans son histoire, « O » est fouettée, écartelée, marquée au fer, forcée… Elle est punie sans cesse, ce sont ses amants qui le veulent, c'est peut-être elle. Punie et abandonnée à la fin du livre, punie aussi, peut-être, d'avoir craint l'abandon.

On ne peut trouver la douce joie qu'en s'abandonnant encore et encore. C'est le plus difficile.

Ire d'amour

Hadewijch d'Anvers aussi est un modèle. Elle ne craint pas de s'abandonner. Elle n'attend pas d'être aimée. Hadewijch d'Anvers aime. L'amour est au centre de son œuvre. Hadewijch écrit des poèmes d'amour. L'amour déborde, l'amour nourrit l'amour. Plus elle aime, plus l'amour est grand. Plus elle aime son aimé, plus elle a de l'amour en retour.

Son aimé est le Christ. Le Christ n'est pas un homme. Le Christ ne trompe pas. Il ne donne aucune preuve matérielle d'amour, pas même de son existence, il n'est ni fidèle, ni infidèle, il est objet d'amour et sujet d'amour. Selon que l'on a la foi ou pas, on croira que l'amour le crée ou bien le révèle. Il est aimé et c'est parce qu'il est aimé par Hadewijch qu'elle reçoit son amour en retour.

Quand on aime, on est toujours aimé. C'est cela que découvre Hadewijch et que sa poésie enseigne. L'obstacle à la joie n'est pas de n'être pas aimée mais de ne pas aimer.

Ses poèmes sont publiés dans une collection « Sagesse » au Point Seuil. Ils auraient pu l'être dans une collection « Folie ». L'amour suppose la folie, c'est-à-dire d'être dans un autre monde que celui des lois qui régissent les rapports humains. L'amour tel que le raconte Hadewijch n'est pas de ce monde, mais du sien seul, elle l'appelle Dieu. Tel est l'amour : unique, pour celle et celui qui l'éprouvent.

Oblation

L'amour veut des rituels, l'amour des humains prend modèle sur l'amour de Dieu (ou le contraire). L'oblation, c'est une offrande faite à Dieu. L'oblation de l'homme à la femme, c'est l'érection de son membre. L'amour de la femme pour l'homme, c'est d'accepter l'offrande. Être trompée, c'est prouver à l'homme aimé qu'on ne mélange jamais l'offrande et la captation, l'érection et le membre. Être trompée est une preuve d'amour pour l'aimé.

Les hommes et les femmes ne sont pas égaux dans l'amour. Je ne dis pas que les uns sont supérieurs aux autres, mais les règles sont différentes. Ce sont des préceptes disciplinaires. Il n'y a pas de précepte qui exige la séparation, la fin de l'amour, quand l'un des amants est infidèle. Il y a toujours présent, vivant le précepte de la douce joie d'être trompée.

Théâtre

Quand on est trompée, la douce joie qu'on éprouve est aussi celle de celui qui vient de conquérir une nouvelle maîtresse. La joie de l'amour qu'il éprouve avec elle se partage avec l'autre femme. Dans la douce joie d'être trompée, il y a pour partie la joie d'un nouvel amour. Un nouvel amour, c'est l'ouverture, la grâce, l'énergie renouvelées. Bien sûr, l'homme qui trompe se sent fautif et justifie sa tromperie par ce qu'il croit être la sincérité de ses sentiments tout neufs : il en aime une autre, il n'aime plus celle qu'il trompe. Discours inutiles ! Morale étroite ! Quand il aura compris qu'il n'a pas à se croire coupable, il ne se sentira plus tenu de n'aimer qu'une femme à la fois.

On évite ainsi tout ce théâtre de la sincérité et l'obligation faite à ceux qui aiment ailleurs, ou aiment encore ou n'aiment plus, de quitter la partie avec effet de manches, portes qui claquent et salut au public…

Ce théâtre n'est pas interdit si l'on s'en amuse, si en coulisses, le rire remplace les larmes, et les caresses la colère. Tout est possible en amour. Mais à condition de ne pas être dupe de ces mises en scène où les rappels ne satisfont que la vanité, au détriment du merveilleux amour et de la douce joie.

Renoncement

Aimer veut dire renoncer. C'est un double mouvement. On renonce et on s'ouvre en même temps. On accède à un secret, à une connaissance silencieuse qui ne s'écrit pas, ne se dit pas, même dans les aveux, même dans les serments, même dans les promesses. Les serments et les promesses sont d'autant plus nombreux en amour qu'ils n'arrivent pas à le réduire. Alors ils le sacralisent et ainsi ils le figent, et le tuent. Pas de serments dans l'amour. Mais de la liberté… Celle qui aime ne prive pas l'aimé de sa liberté, c'est elle-même qui y renonce. Ce renoncement n'est pas un sacrifice. Ce n'est pas une privation. C'est la règle de l'amour.

Je reviens à Dominique Aury, ou plutôt à son aimé, à Paulhan. Il écrit la préface d'*Histoire d'O*. Il y compare la servitude volontaire des peuples opprimés à celle de l'amour, et s'étonne de cette disposition amoureuse. Il a beau jeu de s'étonner. Il n'est pas celui qui perd sa liberté dans l'amour. *Histoire d'O* est un livre d'amour.

L'aimé perd peut-être aussi sa liberté, mais il n'a pas la jouissance de cette perte. Il jouit, au contraire, d'être celui à qui son amie l'offre. Ce n'est pas signe d'humiliation et de masochisme. C'est signe d'amour.

Choisie

Être choisie par l'homme qu'on aime et qui est infidèle est un moment précieux et périlleux de l'amour. Le quotidien de la vie commune l'efface peu à peu. Choisir, être choisie, est devenu l'évidence fade et sans surprise de la vie à deux. Quand on est trompée, il n'y a plus d'évidence. Face à la tromperie et à la rivale (un temps ?) préférée, le choix devient défi, danger, pari sublime : on peut être choisie à nouveau, comme la toute première fois, on peut aussi ne pas l'être. L'aimé n'est plus l'innocent Pâris qui choisit entre les trois plus belles femmes qu'il ne connaît que par leur apparence, c'est l'amant qui choisit la maîtresse aimée. Ce choix est terrible pour celle qui aime et qui est trompée. Il ne faut pas le craindre, pourtant. La femme aimante n'a rien à décider, rien à justifier. Il suffit d'attendre. Elle attend. Elle découvre la merveilleuse passivité. Merveilleuse parce que le désir caché exsude comme une rivière souterraine invisible et présente. Passivité silencieuse, attentive, sans obstacle, large. Pour être choisie à nouveau, encore, elle ne réclame rien, elle attend. La rivière souterraine creuse son lit. La douce joie en donne le rythme lent et docile.

Masochisme

Je n'aime pas que la joie d'être trompée soit ramenée à un sentiment masochiste… Sauf quand c'est Paulhan qui l'écrit : « Que veut dire masochisme ? Que la douleur est en même temps du plaisir ; et la souffrance de la joie ? Il se peut. » Mais il insiste surtout sur la capacité de *transformer*, « par quelque chimie dont le masochiste a le secret », la douleur en joie. C'est lui qui insiste sur le mot « transformer ». Il compare le masochiste à l'alchimiste capable de transformer le plomb en or. Le secret est du même ordre et la puissance d'être qu'il suppose aussi.

Bien sûr, pour lui donner une valeur plus universelle, Paulhan propose sa définition au masculin. « Le » masochiste, ça sonne mieux que « la » masochiste… O est une femme, pourtant, et c'est bien une femme qui écrit *Histoire d'O*. Mais peu importe le masculin ou le féminin. Il dit cet incroyable pouvoir qu'il reconnaît aux masochistes : « Je m'étonne alors qu'il ne leur ait pas été rendu de plus grands honneurs ; qu'on n'ait pas épié leur secret. »

C'est ce secret que je tente d'écrire ; il est là, tout près, caché, dissimulé sous la tristesse d'être trompée, le chagrin, la douleur, la souffrance, la rancune. Tous ces sentiments si forts par moments, si tenaces, ne sont pas des cache-misère. Ce sont des cache-joie.

Sadisme

La douce joie d'être trompée se nourrit aussi de la conduite inversée du masochisme : le sadisme. La jouissance de faire du mal. La jouissance de tromper en étant trompée… Je pense à la marquise de Merteuil dans *Les Liaisons dangereuses* de Laclos. Elle jouit d'envoyer son amant Valmont, avec qui elle ne veut plus d'affaires amoureuses, séduire d'autres femmes et les contraindre à l'amour avec lui. C'est ainsi qu'elle éprouve ce sentiment de puissance sur le cœur non seulement de son amant mais aussi de ses maîtresses, qui sont également, par son intermédiaire, ses victimes à elle. La marquise va perdre pourtant. Mais l'amour ne triomphe pas puisque meurent la présidente de Tourvel et Valmont.

Laclos projetait d'écrire la suite qui se serait appelée *Les Liaisons heureuses*. Aurait-il souscrit à la joie qu'on éprouve à être trompée par son aimé ? Non plus machiavélique et cérébrale, comme celle de la Merteuil, mais douce, sensuelle, heureuse… Peut-être.

Le libertin Valmont est pris au piège de l'amour qu'il a tendu à Madame de Tourvel. Certes, elle en meurt, mais lui aussi. Le tort de Madame de Tourvel n'est pas d'avoir aimé Valmont, mais de ne pas avoir parié sur l'amour. Elle ne prend pas ce risque, elle meurt. (Encore meurt-elle après lui, comme si, lui vivant, l'amour l'était aussi.) Alors, qu'importe qu'il y ait eu rouerie, piège, calcul… Juste avant le duel où il va perdre la vie, Valmont écrit : « Ce que j'ajoute encore, c'est que je regrette Madame de Tourvel ; c'est que je suis au désespoir d'être séparé d'elle ; c'est que je paierais la moitié de ma vie le bonheur de lui consacrer l'autre. Ah ! croyez-moi, on n'est heureux que par l'amour. »

Sans doute est-ce un des signes à quoi on reconnaît l'amour : il arrive toujours trop tôt ou trop tard ; l'amour bouleverse l'ordre des vies, des pensées, des morales ; l'amour est du désordre, il casse les projets les plus angéliques et les plus cyniques, et l'on préfère mourir plutôt que l'affronter, le fuir plutôt que le vivre. L'amour est la joie, une joie qui exige tout.

… Je vais dire la douce joie, j'arrive au bout du labyrinthe et aucun monstre n'y est tapi, j'arrive au fond de l'eau et les cercles ne s'effacent pas. Mais je retourne encore dans ces méandres de l'amour : aimer et être trompée se vivent ensemble, dans le même élan. Aimer être trompée ? Je ne sais pas, peut-être… Ça n'a pas beaucoup d'importance.

Pari

« Nous ne vivons jamais, mais nous espérons de vivre », écrit Pascal dans ses *Pensées*. On peut remplacer le verbe « vivre » par le verbe « aimer » : « Nous n'aimons jamais, mais nous espérons d'aimer. » Pour ceux qui ont dépassé, traversé l'espoir, l'amour est toujours au présent. Seules les circonstances varient : lieu, temps, manière. La tromperie est une de ces circonstances. Quand on aime, on n'aime pas avant d'être trompée ou après, quand l'aimé a renoncé à tromper. On aime, c'est tout. L'amour est alors sans espoir et sans désespoir.

Tous les chagrins, les colères, les haines que l'on croit provoqués par l'amour, le sont par l'incapacité d'aimer. Il n'y a pas d'amour malheureux.

Douce joie

Sur l'île de Patmos, le crépuscule s'étire ; l'eau clapote tout près et le tintement aigre des cloches des chèvres résonne encore dans la fin du jour. Il me plaît de penser que ces bruits familiers sont les mêmes que ceux qu'écoutaient distraitement Pénélope ou Pythagore, à Ithaque, à Samos. L'extrême passivité et l'intense activité se rejoignent ici.

J'arrive au plus petit cercle, au cœur du labyrinthe. Il n'y a pas de théorème, pas de tissage défait pendant la nuit. Au centre des cercles formés par sa chute, le caillou a disparu, mêlé aux autres au fond de l'eau. Restent les cercles qui ont été franchis et qui s'évanouissent peu à peu dans le ressac, et le souvenir d'un chemin qui ne menait nulle part. S'étale la vaste étendue de mer et de ciel, parsemée d'îlots nus. Alors, il n'y a rien ? Pas de secret ?

La douce joie est là. Mais qui la voit ? La goûte ? S'en délecte ?

Et comment l'expliquer ? La dire ?

Être trompée provoque une douleur intense qui meurtrit, dévaste, fait mourir. Quand, du fond de la souffrance et de la solitude, monte la douce joie, on est stupéfaite. Elle est là, pourtant. Tout s'ouvre, on sort de l'abîme où l'on était plongée, il n'y a plus d'abîme ; il y a la joie. Ce n'est pas une présence extérieure à soi. Non. Cela monte de l'être et se répand. C'est un espace qui s'ouvre, s'ouvre, où les gestes et les sensations sont doux. On n'est plus dans la solitude, dans le repli, il n'y a pas de murs, pas d'enceintes, pas de gouffre, on n'est pas tirée vers le fond, il n'y a pas de fond.

Il n'y a plus d'amour-propre non plus, ni orgueil, ni fierté, ni blessure, ni résignation, ni renoncement. La joie, il y a la joie.

La joie n'est pas la joie d'être trompée, c'est la joie tout simplement, grave et légère, d'où la tromperie s'est évanouie, et qui n'advient pourtant qu'après la tromperie.

L'amour a besoin d'épreuves pour être l'amour. Je dis bien épreuves, et non obstacles ; les obstacles, c'est la séparation, la distance, les engagements pris ailleurs, l'hostilité des proches… Voilà des obstacles. On dit qu'ils fortifient l'amour si l'on arrive à les vaincre. Mais ce ne sont que des obstacles.

L'épreuve, la seule, la vraie, c'est celle qui anéantit d'abord, qui terrasse, qui fait mourir : l'infidélité. L'infidélité de l'amant qui aime ailleurs, qui tombe en amour avec une autre. Voilà l'épreuve.

Il ne s'agit pas de sonder si l'amour qu'on porte à l'aimé va résister, ni si lui va pouvoir résister à ce nouvel amour ; il ne s'agit pas de résistance, en aucune manière.

L'épreuve, c'est d'aimer quand même, de parier sur l'amour, à la manière dont Pascal parie sur Dieu. Je parie sur l'amour plutôt que sur Dieu. La mise est aussi vitale et le pari aussi stupide.

Pari stupide mais au fond sans risque ; on y perdra la jalousie, la colère, la honte, la rancune et tous les masques hideux, terrifiants et laids de ceux qui ont peur de perdre. Mais pas l'amour. L'amour, on le gagne, au contraire, et l'aimé aussi. C'est un pari où l'on ne peut que perdre le pire et gagner le meilleur.

Je le dis même aux peureuses. Je suis la plus peureuse des femmes mais ce pari-là, il va tout seul, il n'y a rien à craindre.

Nul besoin de fièvre, de prière, de mantra. Inutile de se concentrer, de chercher. Inutile de trembler, de craindre, d'avoir peur. Non qu'il faille du courage, de la bravoure, il ne faut rien. On attend. Peut-être même que l'on n'attend pas : on est. Sans transition, l'espace s'ouvre, « l'espace intérieur », vaste, large, accueillant. Et pour y être le mieux du monde, il y faut la merveilleuse passivité ; on laisse faire, on laisse venir, on se laisse traverser, emporter, être le jouet de ses sentiments, illusions, intuitions… C'est ainsi que la joie envahit le corps et l'âme ; elle y flotte, elle y danse, s'y répand.

La joie d'être trompée, c'est la joie d'aimer. Et c'est après l'épreuve de l'infidélité qu'on la connaît.

Au moment où je dis la douce joie, je parle peu de l'aimé. Ce n'est pas utile. Il est là, et si la joie dépend de sa présence, de son existence, elle ne dépend pas de ses actes. Présence réelle, charnelle ou lointaine, floue, invoquée, peu importe. L'une équivaut à l'autre. Retrouver le corps, la chair, l'odeur de l'aimé, est toujours un éblouissement, mais non une surprise, une découverte. L'aimé est libre, c'est pour cela que le pari n'est pas sur lui mais sur l'amour. Il y a de la nonchalance dans ces retrouvailles. On ne retrouve pas un objet d'amour mais un être libre, aimé et aimant.

Et si on ne le retrouve pas ? Si l'aimé s'est perdu en route dans cet espace si ouvert à la joie qu'il s'ouvre aussi aux départs sans retour ?

Ça n'existe pas. Ce n'est pas une hypothèse, c'est une certitude. Je ne crois pas, comme le dit Dominique Aury, que « l'herbe devienne noire ». L'herbe n'est jamais noire. Bien sûr, c'est là qu'est le pari. Sur la couleur de l'herbe.

Légèreté, oubli de soi, gravité.

On attend le soir, la solitude du soir. Il descend, le voici. Les rumeurs du jour se taisent. Commence alors l'évocation merveilleuse de l'amour, de l'aimé. On se laisse envahir. On va plonger dans un bain de délices ; on le retrouve pour soi seule, on est dans l'amour, on s'y déplie, on s'y étend ; le corps, les bras, les jambes y baignent ; ils sont à la fois légers et alourdis ; la connaissance de l'amour donne la joie. Une joie extraordinaire. Elle naît dans la solitude où l'infidélité de l'aimé a expulsé celle qui aime. Et c'est la joie qui a raison.

Alors je n'ai rien expliqué, je n'explique rien. La douce joie ne s'explique pas. Elle est là.

Il ne faut pas la chercher. Il faut juste faire le pari.

Ni renoncement, ni résignation mais la merveilleuse passivité.

La douce joie d'être trompée est la douce joie d'aimer. Elle berce les hommes et les femmes qui l'ont choisie. Évidente, prodigieuse, nonchalante.

Table

SECONDE PARTIE
La joie

Du même auteur :

LE MAUVAIS TEMPS N'EXISTE PAS, Éditions du Rocher, 2005.

DES SŒURS, DES MÈRES ET DES ENFANTS (avec Françoise Laborde), Éditions Lattès, 1997.

Composition réalisée par ASIATYPE

Achevé d'imprimer en janvier 2008 en Espagne par
LIBERDUPLEX
Sant Llorenç d'Hortons (08791)
Dépôt légal 1re publication : février 2008
N° d'éditeur : 94876
Librairie Générale Française – 31, rue de Fleurus – 75278 Paris Cedex 06

31/2260/3